Richard Philipp · Die Amis kamen um drei

RICHARD PHILIPP

Die Amis kamen um drei

© 2017 Richard Philipp
Satz und Layout: Buch&media GmbH, München
Umschlaggestaltung: Johanna Conrad, Augsburg, unter Verwendung einer Illustration von © narvikk, iStockphoto.com
Herstellung und Verlag: Books on Demand GmbH, Norderstedt
ISBN 978-3-7431-4726-3
Printed in Germany

Inhalt

Prolog 7

TEIL 1 – DAS KIND

Kapitel 1 10
Die Trennung

Kapitel 2 16
Steffen

Kapitel 3 22
**Ort und Ereignisse –
Kriegsende ohne »Endsieg«**

Kapitel 4 36
Der Mord

Kapitel 5 43
Die Amis kamen um drei

Kapitel 6 53
Erste Kontakte

TEIL 2 – DER STUDENT

Kapitel 1 68
Der Zoo und die Menagerie

Kapitel 2 76
Die Clique

Kapitel 3 85
Anne

Kapitel 4 102
Das Komplott

Kapitel 5 106
Die Staatsprüfung

Kapitel 6 115
Silber

Kapitel 7 122
Rachegelüste

Epilog 137

Danksagung

Prolog

Wenn uns das Alter erreicht, dann erinnern wir uns entweder an Dinge von essenzieller Wichtigkeit in unserem Leben oder wir erinnern uns an völlig triviale Begebenheiten, die merkwürdigerweise in unserem Gedächtnis verharren, obgleich ihre Unwichtigkeit dazu geführt haben müsste, sie zu vergessen. Während in der Weltgeschichte Kriege tobten, Revolutionen stattfanden und Millionen Menschen durch Gewalt ihr Leben verloren, verblieben wir in den leisen und wenig aufregenden Dingen unseres Lebens zumeist so, dass uns diese auf lange Zeit beeindruckt hielten. Wir lasen die Erinnerungen unseres unbedeutenden Lebens auf wie hübsche Kieselsteine am Wegesrand, wobei sie sogleich wie Perlen aufschimmerten, soweit uns die geschilderte Begebenheit von persönlicher Wichtigkeit oder persönlichen Eindrücken geprägt erschien. So war sicherlich die Begegnung als Kind mit dem Endstadium des Zweiten Weltkriegs und den Amerikanern, die auf unsere ruhige und geschützte Heimat zurückten, von minderer Bedeutung gegenüber beispielsweise den Lebenserfahrungen, die wir am Wegesrand unseres unbedeutenden Lebens, wie gesagt, wie bunte Steine aufgelesen haben. Sicherlich werden dem einen oder anderen Leser Parallelentwicklungen begegnen, die ihn aufmerken lassen und die nach dem bekannten Aha-Effekt wieder in die Archive der Erinnerung zurückkehren.

Nachstehend handelt es sich nicht um ein autografisches Werk. Falls Ähnlichkeiten mit einzelnen Personen der Erzählung gegeben sind, so sind sie rein zufällig und nicht beabsichtigt.

Richard Philipp

Teil I
Das Kind

Kapitel 1

Die Trennung

Zuletzt war es ja doch nur noch die Gewohnheit, dachte er, als er von ihr wegging. Heute habe ich zum ersten Mal gemerkt, wie leicht es ist, eine Gewohnheit abzulegen, ganz so, wie man einen alten Mantel beiseitelegt, um ihn niemals wieder anzuziehen. Es fehlt mir gar nichts ohne sie, wirklich nichts. Wie leicht das doch ist. Und sie ist nicht einmal wütend geworden, als ich ihr sagte, dass die Sache aus und vorbei sei. »So?«, hat sie gefragt und ihre grünen Augen bloß ein wenig weiter aufgemacht als sonst. Und dabei kann sie doch so leicht wütend werden. Komisch.

Nicht einmal dieser verdammte ewig-schläfrige Ausdruck ist von ihrem Gesicht gewichen; sie hat anscheinend überhaupt keine Erregung gespürt; ganz ruhig sind wir voneinander weggegangen.

Ob sie jetzt immer noch am Fenster steht und über die Straße blickt, hinüber zu den grauen Fronten der Kliniken? Seltsam, wie klein sie aussieht, wenn sie in das helle Viereck des Fensters eingeschnitten steht, und sie reicht mir doch bis an die Augen. Grüne Augen hat sie. Richtig hellgrün sind sie. Und jetzt haben wir nur noch mit einer alten Gewohnheit aufgehört. Wie leicht das doch alles ist.

Steffen ging über die Neue Brücke, wo der Wind ungehindert über den Fluss heraufkam. Er hatte den Kragen des Trenchcoats hochgeschlagen und die Hände in den Taschen vergraben. Er ging sehr aufrecht, denn er liebte den mit Sprühregen vermischten Wind, der ihm das Gesicht feuchtete. Von Zeit zu Zeit schleuderte er ein paar Wassertropfen aus seinen kurzen Haaren mit jener eigentümlichen, schnellen Kopfbewegung, die Margot so gern an ihm gemocht hatte. Du schüttelst den Kopf wie ein unwilliges Pferd im Geschirr, bloß die Mähne ist viel zu kurz für ein schönes Pferd, spöttelte sie stets. Ja, sie hat mein gestutztes Haar nie gemocht, dachte er jetzt und lächelte vor sich hin. Aber ich hasse lange Haare an Männern.

Noch zehn Minuten bis zum Zug, das schaffe ich längst, es ist ja bloß noch die eine Verkehrsampel zwischen der Brücke und dem Bahnhof. Schön ist der Wind, warm und feucht – warum sie nie wollte, dass ihre Haare feucht wurden? Ich hatte es gern, wenn sie mit nassen Haaren aus der Dusche kam; diesen metallischen Schimmer hat ihr Haar nur, wenn es feucht ist.

Er bog eilig zum Bahnhofsplatz ein, aber mit einer Eile, die fast gemessen zu nennen war, mit der Eile eines Menschen, der diesen Weg schon unzählige Male zurückgelegt hatte. Er hätte mit geschlossenen Augen gewusst, dass es hier zwölf Minuten vor fünf war, auch ohne das weiße Auge der Uhr, das von der Stirn des Bahnhofs auf ihn herunterleuchtete. Schon auf dem Weg durch die große Halle griff er in die Tasche, um die Monatskarte hervorzuholen. Den zerknüllten Fahrschein aus der Straßenbahn warf er wie immer links in den Papierkorb an der Sperre zu Gleis 16. Selbst diese Handbewegung war so mechanisch erfolgt, wie sie nur lange Übung und Vertrautheit hervorrufen. Gewohnheit, dachte er wieder, reine Gewohnheit.

Er ging den Bahnsteig entlang und stieg in den ersten Wagen hinter der Lokomotive. Bis hierher kamen die meisten Reisenden nicht, denn der fünfte Wagen war der Packwagen und an dieser Stelle kehrten die anderen immer um und zwängten sich in die vollen Abteile. Nur wer schon seit langer Zeit diese Strecke und diesen Zug benutzte, kannte die halbleeren Abteile des ersten Wagens. Willi war heute früher nach Hause gefahren, stellte er fest, als er seinen Blick durch die Sitzreihen schweifen ließ; mittwochs hat er manchmal keine Lust, die Nachmittagsvorlesungen zu besuchen. Er streckte die Füße unter die gegenüberliegende Bank und lehnte sich in seine Ecke. Pünktlich ruckte der Zug an. Jetzt regnete es tatsächlich stärker, dache er müde und suchte in seinen Taschen nach den Zigaretten.

Nächsten Monat werde ich mir ein Zimmer in der Stadt suchen, es hatte lange gedauert, bis der Vater die Einwilligung dazu gegeben hatte. Aber Steffen hatte ihm ruhig erklärt, wie wichtig es sei, am Hochschulort selbst zu wohnen und wie gut er die Stunden, die er sonst in der Bahn verbringen würde, zum Studium brauchen könne, und nun hatte der Vater zögernd und misstrauisch zugestimmt, denn das »intensive Studium« war für ihn ein Zauberwort.

Der Regen floss unablässig die Fenster herunter und überzog sie mit einer zitternden Spiegelfläche. Sein Gesicht tauchte wie ein grauer Schemen aus dem Glas herauf und gab ihm das Gefühl der Einsamkeit wieder, das ihn stets ergriff, wenn er das schmale Gesicht mit den hellen Augen darin sah. Du bist ich selbst und doch bis du mir ein Fremder, dachte er ernsthaft vor sich hin und nickte dem Schatten im Fenster zu. Nur dass wir stets durch eine zerbrechliche Wand voneinander getrennt sind. Und erst wenn diese dünne Trennwand einmal fällt, dann hörst du auf zu existieren, du oder auch ich.

Nächsten Monat habe ich mein eigenes Zimmer in der Stadt – der Gedanke brachte ihn mit einem Ruck zurück in das Bahnabteil. Dann hört dieser ewige Trott auf, dieser Rhythmus, der gar keiner ist: jeden Tag derselbe Weg, derselbe Bahnsteig, dasselbe Abteil, die gleichen grauen und müden Gesichter um mich herum. Man muss nur mit den Gewohnheiten brechen, die unser Dasein ausmachen, einfach aufhören damit, vielleicht beginnt man dann zu leben. Vielleicht.

Er freute sich auf die kommenden Veränderungen. Flüchtig dachte er daran, dass Willi ja dann allein fahren würde, aber er gab dem Gedanken in sich keinen Raum und keine Dauer. Im Grunde waren sie immer schon allein gefahren, jeder für sich, auch wenn sie auf gegenüberliegenden Sitzen im gleichen Abteil fuhren. Jeder fährt mit sich allein, die Nähe des anderen reicht nie bis in die eigenen Gedanken, nie bricht der andere wirklich in den inneren Kreis ein. Man fühlt doch gar nicht, dass er tatsächlich da ist, man sieht es bloß – er sitzt mir gegenüber und erzählt etwas, irgendetwas. Er ist mir genau so nahe wie der Ansager auf dem Fernsehschirm. Und jetzt werde ich ihn eben nur noch auf der Universität im Kolleg, im Seminar oder beim Mittagessen in der Mensa sehen, das ist der ganze Unterschied. Und wieder erkannte Steffen verwundert, wie leicht man sich aus alten Gewohnheiten lösen konnte, aus all den täglichen Gewohnheiten, die man bis jetzt für sein Leben gehalten hatte.

Deswegen hat sie auch heute nichts gesagt, als ich von ihr weggegangen bin; hat sie nichts gefühlt – es war ja auch für sie nur der Bruch mit einer alten, vertrauten Lebensweise, nein, nicht einmal ein Bruch, ein ganz ruhiges Aufhören, das war alles.

Draußen zogen die Felder wie ein straffgezogenes graues Band vorüber, stetig zerhackt von den vorbeihuschenden Telegrafenstangen. Hier und da krümmte sich ein Heuschober auf dem Feld zusammen oder ein einzelner Baum sägte sich in den Himmel.

Wieder ratterte der Zug über ein paar Weichen und

stürzte sich durch die Lichtflecken eines Bahnhofs. Hier halten wir nie, dachte er, jedenfalls nicht mit den Eilzügen. Die Lichter tun weh, wenn sie so plötzlich aus der graubraunen Dämmerlandschaft emporschwimmen und vor den Abteilfenstern explodieren. Nur noch zehn Minuten ... Nächsten Monat habe ich mein Zimmer ... Grüne Augen hat sie und schimmerndes Haar ...
Ich denke viel zu viel an das Gestrige. Gestern und heute, das sind doch nur Augenblicke des Hindurchtreibens, in Wirklichkeit leben wir ja alle für morgen. Morgen ändert sich immer alles. Unsere Hoffnung heißt *morgen*.

Er erhob sich schwerfällig und kämpfte sich durch den Zug. »'tschuldigen Sie«, murmelte er zerstreut und zwängte sich durch die Stehenden der mittleren Wagen. Man musste direkt vor dem Packwagen aussteigen, der hielt stets am genauesten vor dem Niedergang des Bahnsteigs. Wie verdammt voll doch immer diese Züge zwischen fünf und sechs Uhr sind! Und als der Zug mit einem nervösen Rucken hielt, ließ er sich mit einer Menschentraube über die wenigen Meter Bahnsteig und die Treppe hinabtreiben. Den Lärm und die heiße, verbrauchte Luft, die ihm aus der Bahnhofshalle entgegenschlug, empfand er mit dem Unbehagen eines Menschen, der täglich durch die gleiche Pfütze vor seiner Haustür waten muss.

Draußen schaute er kurz zum Himmel empor; es regnete kaum noch. Er stand einen Augenblick wie verloren auf der Hauptstraße umher, dann aber fiel er wieder in jenen eiligen Schritt, den seine Schwester spöttisch mit »Pennälerhast« bezeichnete. Es wird immer noch so früh dunkel und wir haben doch schon März. Aus den Laternen quoll das milchige Licht über die Straße und zeichnete schmierige, gelbe Streifen auf den nassen Asphalt. Vor ihrem Haus steht auch eine dieser schlanken Straßenleuchten, die aber hat so ein kaltes, bläuliches Licht wie eine Neonreklame.

Unter ihrem Licht bekommt die Haut eine widerlich blaugrüne Färbung. Dies Licht hier ist freundlich und trotzdem mag ich es nicht.

Er empfand wieder die dumpfe Abneigung gegen alles in dieser Kleinstadt, in der er jetzt schon seit mehr als sechs Jahren lebte. Wenn ich erst mein Zimmer habe ... es sind ja nur noch ein paar Tage. Auch der tägliche Heimweg gehörte zu seinem bisherigen Leben, das er jetzt beiseitelegen wollte wie den besagten alten Mantel. Zu dem bisherigen Leben, das sich aus tausend kleinen Gewohnheiten zusammensetzte, bis es selbst nur noch eine einzige, große Gewohnheit war, aus den Gewohnheiten, die er so hasste, weil sie keine Empfindung hinterließen, weil sie waren wie ein Glas abgestandenes Wasser. Heute hatte er den ersten Schritt von der Gewohnheit weg getan – ganz leicht war es gewesen. Er freute sich bei diesem Gedanken, es gab ihm ein Gefühl der inneren Sicherheit, dass er aus seinem Lebenskreis heraustreten konnte, wie und sobald er es wollte. Noch neun Tage – und alles ist anders. Es ist im Grunde ganz egal, ob es schöner oder unangenehmer wird, es muss nur anders als bisher sein.

Und schon hatte ihn der dunkle Hausflur eingesogen, wie all die gleichen langen Abende bisher.

Kapitel 2

Steffen

Steffen war das älteste von drei Kindern, der Vater war Angestellter einer Bank, in einem jener unsäglichen Bauklötze, die auf lange Zeit die Silhouette von Frankfurt prägen sollten. Den Geschwistern wurde von frühester Jugend an klargemacht, dass das Einkommen des Vaters wohl kaum ausreiche, eine fünfköpfige Familie auf Dauer zu unterhalten, sodass nur eines der drei Kinder höhere Schuldbildung oder Studium erwarten dürfe. Die beiden übrigen mussten nach Entscheidung des Vaters eine möglichst schnelle praktische Berufsausbildung durchlaufen, damit das Familienbudget nicht über Gebühr belastet werde. Steffen hatte den familieninternen Wettbewerb gewonnen, weil er nach Auffassung des Familienoberhauptes die besten Zensuren nach Hause brachte. Das war eine Ungerechtigkeit gegenüber den beiden Schwestern von Steffen, die ebenso gut in der Schule abschnitten, aber von Anfang an mehr oder weniger dazu ausersehen waren, sich den Gedanken an eine Universitätsausbildung abzuschminken.

Mit der Zeit aber wurde die Enge der elterlichen Wohnung für Steffen unerträglich, da er zur Universität jeden Tag mit dem Zug aus der Kreisstadt fahren musste, in der die Familie seit Jahren wohnte.

Er bat, bettelte und drängte daher nach Erreichen des zweiten Semesters, dass er eine eigene Studentenbude in der Universitätsstadt haben müsse, um ausreichend Gelegenheit zu ruhigem Lernen zu haben. Seine dringlich vorgebrachte Forderung wurde schließlich vom Vater erhört, zumal das scheinheilige Argument angeführt wurde, ein Student benötige zu dem notwendigen Studienerfolg auch ein Zimmer, in dem er ungestört seinen Aufgaben nachgehen könnte. Darüber hinaus war die eigene Wohnung beziehungsweise die eigene Studentenbude schlichtweg ein Statussymbol. Es wurde immer wieder nachgefragt, wann endlich Steffen auch in der Stadt wohnen werde, ein Umstand, den seine Kollegen und Freunde schon erreicht hatten. Steffen versäumte es auch niemals, mit sanftem Nachdruck darauf hinzuweisen, dass man inzwischen die Fünfzigerjahre schreibe und der Vater jetzt wieder einigermaßen Geld verdiene.

Fast vergessen waren die schweren Jahre zwischen 1945 und 1948, für Tausende traten sie langsam, aber stetig in den Hintergrund des Alltags. Nicht so ihre Belastung für die Familie. Insbesondere verblasste die Erinnerung an den gemeinschaftlich erlittenen Hunger nach Kriegsende nicht, was dazu führte, dass das »Hamstern« sowie das »Kartoffelstoppeln« zwangsläufige Folgen der auch später sogenannten Hungerjahre waren. Als der Vater vor Kriegsende noch kurz in Kriegsgefangenschaft geriet, aus der er Anfang 1946 zurückkehrte, hatten Steffen und seine beiden Schwestern das Handwerk des Kartoffelstoppelns bereits gelernt, schwärmten wie viele andere Kinder über die abgeernteten Felder, um kümmerliche Reste zu ergattern.

Besonders schwer hatte es die Mutter, Lebensmittel zu beschaffen, da bloße Bitten die Bauern nicht dazu erweichen konnten, etwas für die darbenden Städter herauszurücken. Auch das Angebot, Wertsachen wie altes Silberbesteck oder Teppiche im Tausch gegen die dringend benötigten Lebensmittel zu geben, führte oft zu nichts. Welcher Bauer konnte nicht darauf hinweisen, dass er schon drei komplette Silberbestecke habe und echte Teppiche sowie Brücken auch in doppelter Lage das bäuerliche Wohnzimmer zierten? Steffen hatte aber zur Genüge erlebt, wie verschieden die Charaktere der Menschen waren und dass es auch gutherzige Landwirte gab, die von ihrem empfundenen Überfluss freiwillig und ohne Gegenleistung abgaben. Wichtig war auch der Wettbewerb bei den Schulbroten. Der Neugier der ländlichen Kinder, was wohl das städtische Gegenüber auf seinem Brot habe, konnte leicht begegnet werden. Mangels Wurst, Schinken oder ähnlichen Köstlichkeiten befanden sich auf dem Schulbrot von Steffens Schulkameraden, wie auch auf seinem, fantasievolle Brotbeläge wie gekochte Zwiebelschlotten oder die berühmte 4-Frucht-Marmelade. Gott sei Dank, dachte Steffen, lagen diese Zeiten jetzt doch rund zehn Jahre zurück.

Er konnte sich die Rückkehr des Vaters aus Gefangenschaft und Krieg jederzeit aus der Erinnerung abrufen, insbesondere erinnerte er sich an die Gestalt des Vaters, die bei dem damals Zehnjährigen einen erheblichen Schock ausgelöst hatte. Es war an einem der schönen Frühlingstage 1945 und die Mutter stand gerade draußen beim Wäscheaufhängen, während Steffen mit den Formulierungen eines kurzen Englischaufsatzes für einen Nachbarbuben gegen Blutwust beschäftigt war. Er sah, wie die Mutter plötzlich mit einem erstickten kleinen Schrei die Wäsche, die sie gerade in der Hand hielt, fallen ließ und in einer seltsamen starren Haltung jemandem entgegenging, der die Straße zum Haus emporkam. Es war eine abgemagerte, in einer zu großen alten schlabberigen Uniform daherkommende Gestalt, die besonders dadurch auffiel, dass sie einen mageren, kahlrasierten Schädel besaß, sodass die totenkopfähnlichen Gesichtszüge umso deutlicher hervorstachen. Erst als die Mutter begann, dem Mann entgegenzurennen, dämmerte es Steffen, dass es sich hierbei tatsächlich um seinen Vater handeln könnte, dessen Entlassung aus einem Kriegsgefangenenlager angekündigt worden war. Eine Erinnerung an dessen Aussehen, als er von zu Hause weggehen musste, kam Steffen nicht. Wie er aus den Erzählungen des Vaters später erfuhr, hatten die Amerikaner sämtlichen deutschen Kriegsgefangenen vor der Entlassung aus dem Lager die Schädel rasiert. Hierdurch waren die Köpfe in der oberen Hälfte in einem gespenstigen Weiß und der untere Teil des Gesichts in einem durch die Sonne verursachten kräftigen Braun zu sehen. Die halben Totenkopfschädel, die ausgehungerten Gesichter und die großen Augen, die in tiefen Höhlen lagen, machten einen unheimlichen Eindruck, der bei den Kindern lange nachwirkte. Der Vater murrte auch später, die Amis hätten dies absichtlich getan, da das Kahlrasieren der Schädel, gerade vor der Entlassung, und die Einstäubung des gesamten Körpers mit DDT oder etwas Ähnlichem gegen Läusebefall den Siegern offensichtlich eine gewisse Genugtuung oder einen gewissen Genuss bedeutete; einen Sinn vermochte man in dieser Aktion nicht zu erkennen.

Es dauerte einige Tage, bis sich Steffen daran gewöhnt hatte, dass der Vater wieder im Hause war. Auch die Schlafordnung im Schlafzimmer wurde jetzt wieder hergestellt. Der Vater hatte keine Arbeit, weder in seinem angestammten Beruf bei der Bank noch in einer sonstigen Tätigkeit, sodass er zunächst an den primitivsten Nahrungssorgen beteiligt werden musste. Wie festzustellen war, führten der Bekanntheitsgrad und gute Ruf des Vaters doch dazu, dass er bei den Bauern, soweit er sie in den Bereichen Vogelsberg und Wetterau aufsuchte, ab und zu etwas an Butter oder Speck ergattern konnte. Allmählich gingen dann die »Hungerjahre« dahin, später auch die Erinnerungen, indem sie an Kontur und Farbe verloren.

Die allgemeine Not zwischen 1945 und 1947 hatte auch die Erscheinungen des »Kartoffelstoppelns« und der »Hamsterfahrten« der Städter auf das flache Land hervorgebracht. Das Kartoffelstoppeln war die mühsame Arbeit, auf bereits abgeernteten Feldern durch sorgfältige Handarbeit noch schäbige Reste von Kartoffeln mit einer kleinen Hacke aus dem Boden zu bringen. Wenn man nach harter Arbeit eines ganzen Tages dann einen kleinen Rucksack Kartoffeln oder Kartoffelstücke hatte, konnte man froh sein. Diese Methode der Beschaffung einfachster Nahrungsmittel wurde allgemein praktiziert.

Ähnlich ging es zu mit den sogenannten Hamsterfahrten. Es waren nicht mehr und nicht weniger aufgrund der allgemeinen wirtschaftlichen Not verbrämte Bettelfahrten. Schließlich hatten die Städter zwar Hunger, aber nichts mehr zum Tausch oder Verkauf anzubieten. Mancher Bauer hatte im Kuhstall den echten Perserteppich liegen; mangels normaler Verwendung und horrender Wertunterschiede waren Butter, Schmalz, Eier oder Ähnliches grundsätzlich nur mit gewaltigen Wertverlusten erwerbbar.

Wie die Mutter vor Rückkehr des Vaters aus seiner kurzen Kriegsgefangenschaft aufgrund weiblicher Überredungskunst und entsprechenden Bitten ein paar Lebensmittel ergatterte, wofür sie den ganzen Tag aufgewendet hatte, wussten wir nicht. In unserem speziellen Fall war die Landbevölkerung keineswegs besonders hartherzig, sondern die bäuerlichen Anwesen waren in der rauen Umgebung nicht gerade als luxuriös zu bezeichnen, außerdem war der Vater als Einheimischer bekannt, sodass so manches Hühnerei und so mancher Apfel als Nebenprodukt der Hamsterfahrt abfiel.

Das größte triumphale Erlebnis aber boten die Tauschgeschäfte der Schüler in Steffens Alter – damals zehn bis zwölf Jahre alt. Die Neugier trieb sie, einen Tausch anzubieten, wonach ein köstlich duftendes Leberwurstbrot der Bauernbuben eingetauscht werden konnte gegen Hilfe bei den Hausaufgaben. Für ein anständig belegtes Wurstbrot war Steffen bereit, zwar nicht seine Seele zu verpfänden, aber den Nachbarsbuben bei den Schularbeiten zu helfen. Ein Deutschaufsatz war etwa ein Wurstbrot und eine Rechenaufgabe ein bis zwei Hühnereier wert. Der Spruch von deren Wert als geistiger Nahrung gelangte somit zu ungeahnter Realität.

Steffen zögerte auch nicht, das Brot mit Zwiebelscheiben oder Zwiebelschlotten anzubieten. Seltsamerweise gelang dieser Tausch zu seiner Freude des Öfteren, sodass er in der Pause ab und zu ein ordentlich belegtes Brot verzehren konnte.

Die rechnerischen und organisatorischen Überlegungen beziehungsweise Maßnahmen, was die Zuteilung von Grundnahrungsmitteln in verschwindend geringer Menge anging, merkten wir Kinder nur in der Hinsicht, dass wir ständig Hunger hatten, weil es nicht genug zu essen gab. Die spätere Verbesserung der Verhältnisse wurde von uns nicht auf irgendwelche Marshallpläne, Carepakete oder Auswirkungen des sich neu entwickelnden Ost-West-Konflikts zurückgeführt, sondern es herrschte nach unserer Auffassung die Meinung vor, dass man alsbald mit den jetzigen Siegermächten als starken Verbündeten noch einmal nach Osten ziehen müsse.

Kapitel 3

Ort und Ereignisse – Kriegsende ohne »Endsieg«

Das Dorf lag auf einem Hügel und wuchs wie eine große rötliche Beule aus dem grauen Basaltfelsen des Vogelsberges. Die Dächer waren mit roten Pfannen und teilweise – wo man es sich leisten konnte – auch mit Schiefer gedeckt, sodass die Anhöhe von Weitem her anzusehen war wie eine graurot gebuckelte Masse. Der schiefergraue Helm der kleinen Pfarrkirche schaute nur wenig aus der Masse der Häuser und landwirtschaftlichen Hofreiten hervor. Irgendwann einmal vor langen Jahren waren dem Dorf angeblich die Stadtrechte verliehen worden, worauf der Altbürgermeister nicht ohne Stolz bei jeder möglichen und unnötigen Gelegenheit hinwies.

Von der früheren Wehrhaftigkeit des Ortes sprachen allerdings die Reste der alten Stadtmauer, die insbesondere im Süden noch auf eine größere Strecke hin hoch und kompakt aufragte, während die mehr oder weniger verfallenen anderen Reste einschließlich der Überreste der beiden Wehrtürme sich im Halbkreis durch den alten Dorfkern zogen. Die Südmauer hatte in neuerer Zeit irgendwann einen Glattstrich aus Mörtel erhalten, woraufhin Tafeln mit den Ortsnachrichten daran befestigt wurden. Sie dienten mehr oder weniger als Anschlagtafeln der verschiedenen nationalsozialistischen Gruppierungen im Ort. Die Häuser waren in dieser rauen Gegend noch überwiegend mit

Holzschindeln verkleidet, im Übrigen sah man Fachwerkhäuser und wenige gemauerte Anwesen mit Verputz. Die Holzschindeln waren angeblich noch zum großen Teil mit der Hand gespalten worden und trugen fast durchweg einen tristen graugrünen Anstrich. Die steile Südwand war an vielen Stellen, an denen der Mörtelanstrich abgeblättert war, von grauen Algen oder schwarzgrünen Moosflecken überwachsen und wirkte, als hätte sie einen schimmeligen Ausschlag. Für uns Buben diente sie allerdings als Sportstätte für Höchstleistungen besonderer Art. Wir forderten die übrigen Buben des Dorfes gelegentlich zum Wettbewerb auf, der dann darin bestand, dass wir versuchten, an der Mauer möglichst hoch hinauf zu pinkeln, ohne uns selbst auf den Kopf zu treffen. Wahre Rekorde konnten nur erzielt werden, wenn wir die Spitzen unserer kommenden Männlichkeitswerkzeuge mit Daumen und Zeigefinger zusammenpressten, sodass der schmerzhafte Druck einen Strahl erzeugte, der dann immer wieder erneut rekordverdächtig war. Willi war der unbestrittene Meister und bei diesen Wettbewerben kaum zu schlagen.

Die Straßen, die aus allen vier Himmelsrichtungen in das Dorf hinein- beziehungsweise hinausführten, waren von Bäumen gesäumt. Von Süden her waren es Birken, die insbesondere im Frühling mit ihren schimmernden Stämmen und dem zarten Grün ihrer Kronen das triste Grau der Mauerbefestigung und der Häuser aus einiger Entfernung verschleierten. Die Straße nach Osten war dagegen als Lindenallee angelegt und begann direkt nach Rupperts Wiese. Der am höchsten Punkt des Hügels gelegene Marktplatz wurde seiner Bedeutung gerecht, da sich um ihn herum die wichtigen Anwesen gruppierten. Dort wohnte und arbeitete der Zahnarzt, es befanden sich dort die Apotheke, das

Rathaus und neben einem einzelnen bäuerlichen Anwesen sogar das vornehmste Haus des Dorfes in einem größeren parkartigen Garten, das irgendwelchen Grafen im Osten gehören sollte, die man bislang nie zu sehen bekommen hatte. Im zweiten Obergeschoss des Rathauses wohnten auch der Lehrer, im Nebenhaus Willis Familie und im Dachgeschoss später Karlhorst mit seiner Mutter und einer älteren Tante, nachdem sie in Frankfurt ausgebombt worden waren. Unser Dorf mochte dann doch wohl eine kleine Stadt gewesen sein, berücksichtigt man die Tatsache, dass es sogar ein Amtsgericht mit einem leibhaftigen Richter aufzuweisen hatte, während das Sägewerk am Bahnhof und die Molkerei am Wege dorthin wohl die örtliche Industrie repräsentierten.

Geheimnisvolle Gerüchte und finstere Andeutungen waren groß in Mode unter der Dorfbevölkerung und wurden von uns bei jeder Gelegenheit gierig aufgeschnappt, da derartige Erkenntnisse doch die Dinge, die man in der Schule zu hören bekam, bei Weitem übertrafen. So war die alte Marie in der Bachgasse ganz bestimmt eine Hexe, wie es ihr nachgesagt wurde. Sie wurde schon durch ihr äußeres Erscheinungsbild überführt, eine alte Frau mit Buckel und einem verhutzelten hakennasigen Gesicht, in dem selbstverständlich eine große Warze nicht fehlte. Einen Ehemann oder eine sonstige männliche Person hatten wir auf dem Anwesen noch nie gesehen. Es war ein ziemlich jämmerliches kleines Haus mit dem üblichen Misthaufen davor, wobei eine Ziege und ein Schwein die einzige Gesellschaft der Alten bildeten. Für die Dorfbewohner war klar, dass sie hexen konnte, und sie selbst soll diesem Gerücht auch nie entgegengetreten sein. Wir Jungen hatten eine ziemliche Angst vor ihr und machten auf unserem Weg zu unseren Ausflügen in die Umgebung stets einen scheuen Bogen um die Hütte der Marie, war sie doch das leibhaftige Erscheinungsbild der Hexe aus »Hänsel und Gretel«, das uns natürlich geläufig war.

Selbstverständlich war es auch im Dorf bekannt, dass im »Eulenturm« – einem halb verfallenen Befestigungsturm an dem Stadtmauerrest – Gespenster umgingen, insbesondere, wenn am Abend zuvor schwarze Vögel in den Turm flogen, die dann scheinbar nie wieder herauskamen. Die Bauern maßen diesen Erscheinungen erhebliche Bedeutung bei. Welche Schlüsse sie daraus zogen, wurde uns nie gesagt. Wenn wir unsere Mütter danach fragten, wurden diese äußerst ungehalten und erklärten unwirsch, dass dies alles mittelalterliches Bauerngeschwätz sei. Immerhin aber hatte uns der Knecht von Altbauer Wagner erzählt, dass bestimmte Begebenheiten verbürgt seien. Am südlichen Ortsausgang, wo der Weg zum Kapellenwald abzweigte, stand ein großes Kreuz mit einem geschnitzten Corpus des Gekreuzigten, über das ein kleines braunes Dach gezimmert worden war. Der Knecht berichtete, viele Dorfbewohner hätten gesehen, dass jedes Jahr in der Johannisnacht ein großer schwarzer Hund erscheine, am Kreuz hinaufspringe und die Christusfigur in die unteren Extremitäten beiße und nach mehreren derartigen Attacken wieder verschwinde. Bei anderer Gelegenheit als dieser sei der Hund nie gesehen worden. Dabei könne es sich mit Sicherheit nur um den Leibhaftigen handeln. Bei derartigen Gruselgeschichten beschlich uns nackte Angst. Den Müttern erzählten wir nichts, um uns nicht wieder den Vorwurf des Bauerngeschwätzes einzuhandeln. Wir hielten daher lieber den Mund und widmeten uns neben der Schule den Spielmöglichkeiten rund um das Dorf.

Die später eintretenden Aufregungen noch vor Ende des Krieges waren für uns überraschend, aber nicht minder interessant. Die Vorgänge brannten sich teilweise in unser Gedächtnis ein und begleiteten uns für den Rest unseres Lebens.

Willis Vater war für uns Buben eine der interessantesten Persönlichkeit in den Kriegsjahren. Er war klein und drahtig, mit einem Kopf voller schwarzer Haare, die sein Sohn von ihm geerbt hatte, und einem schmalen Oberlippenbart. Auch seine Augen, die von einer fast unnatürlichen Schwärze waren, und der bräunliche Hauttypus ließen ihn wie einen Südfranzosen erscheinen, wobei das Bild vervollständigt wurde durch eine ständig an seinem rechten Mundwinkel klebende selbstgedrehte Zigarette, die bereits eine gelbe Schneise in den Oberlippenbart geräuchert hatte. Er war im Dienst im besetzten Frankreich in einem uns nicht näher definierten Rang, und wenn er im Urlaub in Zivil auf sein Aussehen angesprochen wurde, setzte er belustigt zwinkernd oft eine Baskenmütze schräg auf den Kopf und der welterfahrene Apotheker des Dorfes schwor, einen typischeren Südfranzosen habe er nie gesehen. Gemunkelt wurde, dass er in Frankreich nicht so sehr im reinen Militärdienst eingesetzt gewesen sei, sondern ein Geheimagent oder gar ein Spion der deutschen Wehrmacht war, um hinterlistige französische Partisanen aufzuspüren. Eine solche Romanfigur wurde von uns ehrfürchtig bestaunt, aber trotz vielfacher Bitten konnten wir ihn nicht dazu bringen, irgendwelche Erlebnisse zu erzählen, die unsere erregte Fantasie noch beflügelt hätten.

Einer solchen Vaterfigur gegenüber, die doch ein wenig einem Abenteuerbuch zu entstammen schien, hatten die anderen Väter in ihren grauen Uniformen während des Urlaubs wenig Chancen, zumal offenbar Kampf- und Schlachtszenen, wie wir sie uns in unseren Bubengemütern ausmalten, entweder nicht vorlagen oder nicht in

Erfahrung zu bringen waren. Wenn ich wieder einmal leicht erhitzt die Mutter auf diese abenteuerlichen Vorstellungen ansprach und Willis Vater wieder irgendwohin entschwunden war, antwortete sie erstaunlicherweise oft mürrisch oder sogar leicht zornig, dass sie um nichts in der Welt einen Ehemann oder für uns Kinder einen Vater haben wolle, der möglicherweise einer brandgefährlichen Tätigkeit nachgehe. Für diese Haltung konnten wir Buben wenig Verständnis aufbringen.

Willis Mutter war eine mütterliche und stets freundliche Frau, die ihren Ehemann um einen halben Kopf überragte und ihn auch in der Breite schlug. Willi hatte noch zwei jüngere Schwestern, die aber nach Meinung von uns Buben völlig unwichtig waren und die in unseren damaligen Spielen und Abenteuern auch keinen Platz hatten.

Karlhorst war Einzelkind, etwas jünger als Willi und ich, wobei das knappe Jahr, das er jünger war, naturgemäß bedeutete, dass er im Vergleich zu uns beiden Älteren nichts zu melden hatte. Er war mit seiner Mutter und Großmutter in Frankfurt bei einem der schweren Fliegerangriffe im vorletzten Jahr des Krieges völlig ausgebombt worden, vielleicht in jener Nacht, an die wir uns mit Schaudern erinnerten, als man aus den Dachfenstern des Rathauses in unserem Ort im Süden den Himmel über Frankfurt erkennen konnte, der vom Feuerschein rot überblutet war. Gleichwohl waren seine Mutter und seine Großmutter vom Nationalsozialismus so überzeugt, dass sie ständig noch vom Endsieg faselten, während die Äußerungen meiner Mutter deutlich anders klangen. Karlhorsts Großmutter war geradezu fanatisch besessen von der »großen völkischen Idee« und trug ein auffälliges Zeichen der NS-Frauenschaft in Form einer runden Brosche jeden Tag am hochgeschlossenen Kragen ihrer Bluse, und zwar mit einer solchen Ausdauer, dass Willi und ich rätselten, ob sie vielleicht auch mit ihrer Parteibrosche zu Bett ginge. Der Vater war ebenso wie unsere Väter im Krieg, wo, darüber sprachen die beiden Frauen nicht, jedenfalls nicht in Gegenwart von uns Buben.

In der Schule begegnete uns die gleiche Einstellung. Die Schule war in einem grauen alten Gemäuer untergebracht und wies einen großen mauerumwehrten Schulhof auf, der im Verlauf der Kriegsjahre auch einmal zusätzlich mit Stacheldraht auf der Mauer abgesichert wurde, weil der Schulhof vorübergehend vollgestopft war mit russischen Kriegsgefangenen, die von deutschen Soldaten bewacht wurden, wobei diese Belegung des Schulhofs nur wenige Tage dauerte. In dieser Zeit fiel die Schule selbstverständlich aus und wir versuchten mit allen Mitteln, einen Blick auf die erbärmlichen Figuren der feindlichen Soldaten zu erhaschen. Mutter ließ dabei hin und wieder die wenig nationale Bemerkung fallen, dass sie hoffe, es würde unseren Kriegsgefangenen in anderen Ländern nicht ebenso dreckig gehen, da die Russen offensichtlich so gut wie nichts zu essen bekämen und ständig am Gittertor um Brot betteln würden. Wir nahmen diese hochinteressanten Nachrichten immer mit heißen Köpfen auf, wobei es uns nie eingefallen wäre, dass man ja feindliche Kriegsgefangene auch füttern müsste. Für uns schien es wie eine merkwürdige Episode, nachdem die Soldaten samt ihren Bewachern wieder verschwunden waren und die Gefangenen uns nur als erbärmlich abgemagerte Figuren in schmutzigbraunen Lumpen in Erinnerung blieben.

Aber auch diese verblassten schnell wie eine flüchtige Sinnestäuschung, da es für uns spannendere Dinge gab, denen wir uns im Laufe der letzten Kriegsjahre zuwendeten.

Ansonsten ließ der Betrieb der Schule immer mehr nach. Hauptbeschäftigung war das Sammeln von Heilkräutern wie Huflattich, Johanniskraut und Schafgarbe. Alle Schülerinnen und Schüler waren mit Eifer dabei, zum einen war es schöner als der eigentliche Schulbetrieb, zum anderen war das Sammeln der Heilkräuter doch absolut kriegswichtig, jedenfalls wurde es uns so erklärt. Der Inhalt der Säcke wurde dann auf dem Dachboden des Schulhauses zum Trocknen ausgebreitet. Was mit den Massen an getrockneten Heilkräutern eigentlich irgendwann geschehen ist, wusste später niemand von uns zu sagen. Möglicherweise lagen sie unbeachtet und nutzlos noch Jahre auf dem Dachboden herum. Unsere linientreue Lehrerin bemühte sich redlich, uns neben Schreiben, Lesen und Rechnen auch noch politische Grundüberzeugungen beizubringen, wobei in ermüdender Eintönigkeit immer wieder das Glorienbild des Führers beschworen wurde. Selbstverständlich wurde erwartet, dass wir alle die »Vorsehung« bitten würden, den Führer zu beschützen. Meine Mutter meinte dagegen, es sei besser, ab und an in die Kirche zu gehen und darum zu beten, dass der verdammte Krieg endlich zu Ende gehe. Wie gefährlich derartige Äußerungen werden konnten, sobald sie in falsche Ohren gerieten, erlebten wir, als eines Tages der Ortsgruppenleiter in seiner braunen Uniform mit einem breiten Ledergürtel um seinen dicken Bauch bei Mutter erschien und ihr einen Vortrag darüber hielt, wie wichtig es sei, sich schon darauf vorzubereiten, dass der Junge – gemeint war natürlich meine Person – demnächst reif sein werde, um eine Zierde der Napola zu werden, wobei er bereits ein bestimmtes Erziehungsheim dieser Art in Bayern in Vorschlag brachte.

Unter der Abkürzung Napola verstand man seinerzeit die »Nationalpolitische Erziehungsanstalten«. Hier wurden die Jungen aus Deutschland mit natürlich arischer

Abstammung für die Zukunft des Reiches dressiert. Getreu dem Hitlerzitat, wie der deutsche Junge werden solle, rank und schlank, hart wie Kruppstahl, schnell wie ein Windhund und was noch so weiter an Heldeneigenschaften genannt wurde. Dabei sorgte das Idealbild des jungen deutschen Mannes, blond, blauäugig und sportlich, im Volk für unterdrückte Heiterkeit unter dem Hinweis, dass sowohl Hitler auch als Goebbels und Himmler ja nun nicht im Geringsten diesem Idealbild entsprachen. Gleichwohl wurden die Napolas im ganzen Reich gegründet, für die älteren jungen Männer waren es insbesondere die »Ordensburgen«, in denen sie für die glorreiche Zukunft des Dritten Reiches gezogen und erzogen werden sollten.

Der dicke Ortsgruppenleiter hatte seine Lektion insoweit in seinen Schulungsabenden gelernt und sprach mit großer Lautstärke und politischem Schwung auf meine arme Mutter ein.

Mutter redete ihm begütigend zu, dass dies Zeit habe bis nach dem Krieg, woraufhin sich der Ortsgruppenleiter noch um einiges aufblies, dass er aussah wie ein brauner Frosch und mit gefährlich leiser Stimme zischte, dass mit der Bemerkung »nach dem Krieg« in Wirklichkeit doch wohl gemeint sei »nach dem Endsieg«. Verwundert bemerkte ich, wie Mutter blass wurde und eilig betonte, ja, ja, dass es selbstverständlich nach dem Endsieg dann mit Sicherheit so weit sei. Schließlich gab sich der fette Besucher zufrieden und meinte, dass jetzt zunächst einmal vordringlich sei, das Jungvolk zu absolvieren und für die endgültige Erziehung in der Napola ja noch einige Zeit vergehen werde, er habe es aber schon einmal vormerken wollen.

Auf dem Weg zur Schule lag nicht nur das dörfliche Backhaus, sondern auch die örtliche Schmiede, deren Tätigkeit wesentlich interessanter schien als der gesamte Schulbetrieb. Der Schmied, der wahrscheinlich als kriegswichtiger Mensch nicht zur Wehrmacht eingezogen war, schmiedete hauptsächlich die Hufeisen für die wenigen im Ort verbliebenen Pferde sowie die Platteneisen in größerer Menge für die Kühe der Bauern, wobei das Anpassen der Eisen jeweils der Höhepunkt für uns Buben war. Der Schmied selbst war alt und knorrig und hatte graublondes, struppiges Haar mit dichten, buschigen Augenbrauen, deren Sengstellen verrieten, dass sich doch ab und zu ein Funke des Schmiedefeuers dorthin verirrt hatte. Nach unserer Auffassung musste er uralt sein wegen der vielen Runzeln und Falten in seinem wettergegerbten Gesicht und der Tatsache, dass er offensichtlich nie zum Krieg eingezogen war. Später, als zum sogenannten »Volkssturm« aufgerufen wurde, stellte sich heraus, dass er gerade einmal 50 Jahre alt war und damit nur rund zehn Jahre älter als unsere Väter.

Kurz vor der Schmiede schwang sich nach Süden in Kurven und Buckeln die Bachgasse hinab bis zur alten Steinbrücke über den Bach, die hinaus ins Feld führte. Die Windungen und Buckel der kopfsteingepflasterten Straße machten sie im Winter zu einer beliebten Schlittenbahn, zumal auf ihr kein nennenswerter Straßenverkehr stattfand. An der Bachgasse lag das Textilgeschäft der Eheleute Fischmann, für das der Ausdruck »Textilkaufhaus« zur damaligen Zeit durchaus passend gewesen wäre. Von Bettwäsche über Leibwäsche und Handtücher bis hin zu Socken und Herren- und Damenbekleidung wurde alles angeboten, was an Textilien im Dorf gefragt war. Kaum jemand kam auf die Idee, einmal in die nahegelegene Kreisstadt zu reisen, um dort einzukaufen, da alle Bedürfnisse vor Ort befriedigt werden konnten. Ich hasste lediglich die kratzigen langen Strümpfe, die im Winter angeschafft worden waren und mit weißen stoffbezogenen Knöpfen an der undefinierbaren Unterwäsche verankert wurden, die ebenso wie die langen Strümpfe im Sommer glücklicherweise wegfiel. Dann waren wieder kurze Hosen mit Hosenträgern Alltagsuniform. Versüßt wurden aber die ungeliebten Einkäufe durch die freundliche Frau Fischmann hinter der Theke. Frau Fischmann war eine ältere Frau, die ihre grauen Haare zu einem seltsam lockigen Knoten aufgesteckt hatte und eine randlose halbe Brille trug. In ihrem weiß-blau geblümten Kleid mit ihrer runden Figur sah sie aus wie Frau Holle aus dem Märchenbuch. Auf der Theke neben der Kasse vor ihr stand stets ein runder bauchiger Glasbehälter, gefüllt mit den schönsten rosaroten, himbeergeformten Bonbons, von denen mir Frau Fischmann ebenso wie den anderen Buben bei Einkäufen unserer Eltern jeweils zwei Stück schenkte, eine Köstlichkeit, an die ich mich in meinem späteren Leben noch lange erinnern sollte.

Herr Fischmann war ein kleiner Mann mit rundem Kugelbauch und Glatze und stets hinter den Regalen in den Tiefen seines Geschäfts versteckt, sodass man ihn selten zu Gesicht bekam. Nur ab und zu kam er aus den Höhlen und Winkeln des hinteren Geschäftsbereichs hervor, um die Kunden ebenfalls freundlich zu begrüßen. Er war von einer seltsam weißen, geradezu mehlartigen Gesichtsfarbe und wurde von uns daher heimlich »Mehlwurm« getauft. Er sah so aus, als hätte er sein ganzen Leben in seinen Geschäftsräumen im Halbdunkel verbracht und nie einen Sonnenstrahl gesehen.

Das Geschäft Fischmann gehörte so sehr zum Alltagsleben des Dorfes, dass es selbst uns Buben auffiel, als eines Tages 1943 oder 1944 das alteingesessene Geschäft geschlossen war, weil seltsamerweise die Schaufensterscheiben mit dunkler Farbe beschmiert und damit undurchsichtig gemacht waren. Es ging ein Raunen und Geflüster durch das Dorf, dass man Fischmanns »abgeholt« habe, das sei ja vorauszusehen gewesen. Angeblich waren nachts uniformierte Männer mit einem Lkw in das Dorf gekommen und hätten die Eheleute Fischmann auf den Wagen, auf dem sich schon andere Personen befunden hatten, hinaufgeschubst, wobei beide ein kleines Köfferchen mitgenommen hätten. Herr Fischmann hätte unter seinem großen schwarzen Schlapphut heraus noch versucht, einigen Dorfbewohnern, die den Vorgang mitbekommen hatten, zaghaft zuzuwinken. Auf unsere drängenden Fragen – wir waren ja durch den Verlust der Bonbons in Zukunft auch interessiert – wurde mehr oder weniger undeutlich und mürrisch erklärt, es würden halt alle Juden irgendwohin »nach Osten« umgesiedelt. Wo und wie das konkret geschehe und gestaltet sei, wisse man nicht. Damit gaben wir uns zufrieden, das Geschäft wurde jedenfalls bis Kriegsende nicht mehr eröffnet. Mit der Zeit fragte niemand mehr nach den freundlichen alten Leutchen, auch später die Amerikaner und die neue örtliche Zivilverwaltung nicht. Wiedergesehen hat sie wohl niemand.

Im Spätsommer 1944 mehrten sich die Tagesangriffe der Bomberschwärme, die Richtung Südwesten über uns hinwegflogen, nachdem früher der Fliegeralarm regelmäßig in der Nacht durch das Heulen der Sirenen auf dem Rathaus angezeigt wurde. Wir konnten die Bomberschwärme als blitzende Punkte hoch am Himmel sehen und sogar erkennen, wenn in wenigen Fällen offensichtlich Luftkämpfe stattfanden. Wenn die Bomber am Himmel verschwunden waren, hatten wir wiederholt eine merkwürdige Erscheinung bemerkt: Vom Himmel rieselten in riesigen Mengen und lautlos schaukelnd Bündel von Streifen aus Silberpapier herab, die auf einer Seite silbrig glänzend und auf der anderen dunkelgrau matt waren und die in erheblichen Massen, teilweise in regelrechten Büscheln, auf unsere Wiesen um das Dorf herunterschwebten. Erst viel später nach dem Ende des Krieges erfuhren wir, dass es sich hierbei um »Düppeln« gegen die deutsche Radarerfassung handelte. Damals war völlig klar – alle Bauern bekräftigten dies –, dass es sich um eine besondere perfide Maßnahme der Alliierten handele, die Kühe auf der Weide zu vergiften. Unabhängig hiervon sammelten wir die Streifen, nachdem wir uns davon überzeugt hatten, dass sie keinerlei giftige Reaktionen hervorriefen, und banden sie zu silbrig glänzenden Büscheln an Stöcke und Besenstiele, zu welchem Zwecke auch immer. Der Wehrertüchtigung dienten sie sicher nicht.

Im Herbst wurde die Kartoffelernte eingebracht und das dürre Kraut in großen Haufen verbrannt. Überall zogen die Rauchschwaden im Wind, der typische Geruch dieser Feuer blieb noch lange in Erinnerung. Weil wir auf Geheiß der Schule im Jahr zuvor fleißig Kartoffelkäfer und neben den schwarzgelb-gestreiften ausgewachsenen Exemplaren auch die dunkelroten schwarzgepunkteten Larven abgesammelt hatten, war jetzt die Gelegenheit gegeben, frisch geerntete Kartoffeln in der Glut des Feuers zu rösten. Nach entsprechender Zeit wurde die schwarzgraue Aschen- und Kohleschale mit den Fingern und Zähnen entfernt und die gare Kartoffel entfaltete einen unvergleichlichen Duft – so jedenfalls in der Erinnerung. Leider waren die Zeiten nicht mehr so, dass die Bauersleute auch dicke Scheiben Speck in Zeitungspapier eingewickelt ins Feuer geschoben hätten, der Biss in das heiße Fett fiel wohl der allgemeinen wirtschaftlichen Entwicklung zum Opfer. Ein paar rohe Kartoffeln stopften wir uns in die Taschen der kurzen Hosen, bis sie seitwärts seltsam unförmig abstanden, und schleppten sie nach Hause, obgleich zu diesem Zeitpunkt im Gegensatz zu den Jahren direkt nach Kriegsende noch kein Mangel erkennbar war – zumindest nicht bei Kartoffeln.

Die Wirklichkeit des Krieges rückte aber in bedrohlicher Weise näher, was weniger durch besondere Ereignisse in unserer an sich ruhigen ländlichen Gegend erkennbar war als durch die Wanderung der weißen und roten Stecknadeln. Mutter hatte in der Abstellkammer eine Landkarte von »Großdeutschland« und den umliegenden Gebieten aufgehängt und rechts mit roten Stecknadeln sowie links mit weißen Stecknadeln offensichtlich eine Art Frontverlauf markiert. Auf Fragen, ob dies nicht politisch gefährlich sei, erwiderte sie trotzig, dass sie ihre Weisheit ja nicht vom verbotenen englischen Rundfunksender, sondern vom großdeutschen Rundfunk beziehe, der schließlich immer wieder die Namen von Orten, an denen Kämpfe stattfanden, nenne, woraus man sich einen ungefähren Frontverlauf zusammenreimen könne.

Willi erklärte mir aber mit verschwörerischer Miene, wir sollten uns bloß nichts erzählen lassen, heimlich würden sowohl unsere Mütter wie auch alle anderen im Dorf spätabends den »Feindsender« hören, der mit diesen merkwürdig dumpfen vier Tönen seine Ansagen ankündigte. Wissen durfte dies aber niemand, da man sonst eingesperrt werden könnte. Wir fanden das außerordentlich aufregend und beobachteten dann auch selbst die »Wanderung der Nadeln«, die sich insbesondere von rechts her immer näher zur Mitte bewegten, wobei im Frühjahr 1945 die weißen Nadeln so richtig in Schwung kamen und Mutter dann aber alles von der Wand riss mit der Bemerkung, jetzt hätten wir die Front ja mehr oder weniger direkt vor der Haustür.

Kapitel 4

Der Mord

Im Herbst 1944, als die Luftangriffe schon fast Gewohnheit geworden waren und die alliierten Bomber regelmäßig über das Dorf hinwegzogen, um eine unserer Städte zu verwüsten, geschah es. Nachdem wir die Luftkämpfe zwischen den deutschen Jägern und den alliierten Bombern mehr oder weniger nur als zuckende Blitze im stahlblauen Himmel beobachtet hatten, wurde endlich in unserer unmittelbarer Nähe einer der Bomber abgeschossen. Eine britische Lancaster kam mit infernalischem Kreischen und Pfeifen trudelnd herabgestürzt und krachte keine drei Kilometer von uns entfernt in ein Waldstück. Gleichzeitig erschienen am Himmel fünf grünbraune Wölkchen, völlig unzweifelhaft die Fallschirme der aus der Maschine abspringenden feindlichen Soldaten. Jetzt war die Zeit gekommen, Engländer oder Amerikaner entsprechend in Empfang zu nehmen, wenn sie nicht schon bei ihrem Einsatz in der Luft getötet worden waren. Der aufgestaute wilde Zorn gegen die feindlichen Massenmörder, die im wesentlichen Frauen und Kinder umbrachten – wir waren gut von der Schule vorbereitet –, hatte im Dorf eine die gesamte Bewohnerschaft erfassende unterschwellige Wutwelle entfacht.

Die in unserem Ort verbliebenen älteren Männer sowie einige Frauen rotteten sich sofort zusammen, um die abspringenden Flieger in Empfang zu nehmen, wobei noch keiner wissen konnte, welche Folgen die Inempfangnahme haben sollte. Gleichzeitig krachte ein weiterer viermotoriger Bomber in das Waldstück, über dem bereits der erste Flieger niedergegangen war. Hier konnten wir allerdings keine Fallschirme, die auf Überlebende aus dem Flieger hätten schließen lassen, feststellen. Wir rannten in gebührendem Abstand hinter den Erwachsenen her, um das aufregende Abenteuer bis zum Ende zu erleben. Zunächst eilten wir zu der zweiten Absturzstelle. Zu unserem größten Erstaunen fanden wir zwar größere Trümmerstücke vor, dabei auch die wesentlichen Teile der Pilotenkanzel, jedoch nicht die erwarteten Leichen in der direkten Nähe des Wracks. Vor allem waren wir aber überrascht, dass die Absturztrümmer nicht brannten, ja dass überhaupt keine Toten von Feuer oder Brand zu erkennen waren. Wir hatten nicht die traurige Erfahrung gemacht – wie die Familie von Karlhorst aus Frankfurt –, wie ein völlig verbrannter Mensch aussieht. Irgendein alter Wichtigtuer erklärte, unter Umständen handele es sich um einen »kalten Absturz«, den unsere tüchtigen Jäger verursachten hätten, indem sie den Bomber plangemäß abgeschossen hätten, aber so gründlich, dass niemand mehr aussteigen konnte. Warum und wieso dann nach dem Aufschlag der Maschine kein Feuer entstanden war, konnte uns aber auch niemand erklären. Die Fragen wurden mit dem Hinweis abgeschmettert, dass wir Rotznasen uns »ab in die Schule machen« sollten und nicht im Wald herumzustromern hätten. Wir aber glaubten, zwei Tote im zerschmetterten Rumpf der Maschine gesehen zu haben. Dieses Bild rundete unsere aufregenden Erfahrungen in diesen Tagen ab.

Stolz vernahmen wir das Wort, dass wir jetzt auch zur »Front« gegen den Feind gehörten, als uns unmissverständlich mitgeteilt wurde, dass wir »an der Front« nichts zu suchen hätten. Mit einiger Scheu betrachteten wir den MG-Turm in der Nase der Maschine und die verbogenen sechs weiteren Maschinengewehre an den hinteren Teilen des Wracks, die ihre Rohre in grotesker und unheimlicher Art schräg in den Himmel streckten. Wir kannten die Waffen unserer Feinde durchaus genau, da dies eines der wenigen Themen war, die in der Schule bekannt gegeben wurden. Wir wussten also, dass bei einer britischen Lancaster eine Besatzung von sieben Mann an Bord war und somit auch sieben Engländer tot oder lebendig vom Himmel gekommen sein mussten. Rechnete man die vier, die mit dem Fallschirm abgesprungen waren und daher überlebt hatten, sowie die zwei Toten aus dem Wrack, deren Überreste ersichtlich waren, ab, so fehlte aus einer kompletten siebenköpfigen Besatzung eines Bombers des Typs Lancaster immer noch ein Mann. Dass hier einer fehlte, war uns Kindern sofort klar, während die Erwachsenen offensichtlich diesem Punkt gar keine große Wichtigkeit beimaßen.

Der Gang durch das Spalier der inzwischen zusammengelaufenen Dorfbewohner war für die gefangengenommenen abgeschossenen Flieger wahrhaftig kein Zuckerschlecken. Finstere Blicke und lautstark geäußerte Flüche und Drohungen waren noch das Geringste, bespuckt und teilweise geschlagen wurden die »Frauen- und Kindermassenmörder« auch im Hinblick auf ihre Tätigkeit als Bomberpiloten. Sie wurden nicht gemeinsam eingesperrt, sondern zugleich einzeln auf verschiedene Bauernhöfe zwecks Überwachung ihrer Gefangennahme verteilt. In diesem Zusammenhang ereignete sich auch der schreckliche Vorfall, der uns bis in unser späteres Erwachsenenalter schwer belasten und begleiten sollte.

Der am Rande der Untergasse lebende Bauer Ludwig und sein auch etwas in die Jahre gekommener Knecht nahmen einen der Flieger mit, wobei der Bauer dem Gefangenen, der mit erhobenen Händen vor ihm her lief, immer wieder mit seinem alten Gewehr in den Rücken stieß und diesen alsbald von der allgemeinen Gruppe separierte. Da unser Heimweg gemeinsam in die Untergasse führte, liefen wir unter sorgfältiger pseudo-militärischer Ausnutzung der Deckung hinter den landwirtschaftlichen Stallungen bis in die Hofreite mit. Hier übergab der Bauer das Gewehr dem Knecht, der es stolz wie eine Kriegsbeute auf den Gefangenen richtete.

Das Unfassbare geschah, wobei die Bilder später vor meinem inneren Auge in rasanter Geschwindigkeit noch über die Realität hinaus abliefen. Bauer Ludwig ergriff einen neben dem Eingang zur Stallung stehenden Spaten. Er schwang den Spaten hinter dem Feindsoldaten stehend in einem Bogen und voller Kraft so, dass er mit der vorderen Kante das Genick des ahnungslosen Opfers traf. Wir hörten nur ein Knacken, wie wenn jemand auf einen dürren Fichtenast getreten wäre und diesen dabei zerbrochen hätte. Der Getroffene brach sofort zusammen, er gab keinen Laut von sich und es war auch kein Blut zu sehen.

Der Bauer packte den Spaten sofort wieder fest mit beiden Händen und fing an, ein Loch am Rande der Dunggrube zu graben, dessen Zweck uns jetzt vor unseren entsetzten Bubenaugen klar wurde. Die »Mistkaute« sollte wohl dazu dienen, den offenkundig Toten zu vergraben. Wir hauten, schlicht gesagt, ab, so schnell wir konnten. Als wir keuchend hinter dem nächsten Gehöft stehen blieben, stellten wir fest, dass wir uns alle drei vor Entsetzen in die Hosen gepinkelt hatten. Karlhorst heulte Rotz und Wasser, während Willi und ich mehr oder weniger blass und starr das Geschehene nicht verarbeiten konnten. Unser auseinanderfallender Mut reichte nur noch so weit, dass wir uns heilige Indianerschwüre zuflüsterten, dass von diesem Vorfall selbstverständlich nie ein Mensch je erfahren dürfe.

Das Entsetzen über den Mord in unserem Dorf und das »Begräbnis« in der Mistkaute des Ludwig'schen Bauernhofs verfolgte uns später wie ein Albtraum mit Sicherheit noch mindestens zehn Jahre lang. Am erstaunlichsten für uns war die Tatsache, dass offenkundig niemand diesen fehlenden Feindsoldaten vermisst hatte, dass seine Existenz nicht irgendwie festgestellt oder überhaupt nur nach ihm gefragt worden wäre. Zumindest, soweit wir selbst auf die Entwicklung der Dinge ein scharfes Auge hatten. Dies sollte sich erst ändern, nachdem das Dorf längere Zeit von Amerikanern besetzt war und hier irgendeine Kommission oder Ermittlungsgruppe anfing, Nachforschungen anzustellen. Die Tatsache, dass die Ermittler selbst alle Kinder ab Schulalter über den Verbleib eines Fliegers der britischen Royal Airforce befragten, führte dazu, dass wir vor Angst schlotterten, bis wir merkten, dass allem Anschein nach niemand Kenntnisse über den schrecklichen Vorgang hatte oder preisgeben wollte. Die Untersuchungsgruppe, wie sie im Dorf genannt wurde, bestand aus einem Major – goldener Balken am Käppi –, einem Leutnant – zwei silberne Balken am Käppi – und zwei Corporals – einfache Winkel am Arm. Wir kannten uns ja aus.

Die bei dem Absturz zu Tode gekommenen Flieger wurden seinerzeit längsseits der Mauer des kleinen Friedhofs unseres Ortes formlos begraben. Offensichtlich wurde aber nach vermissten Soldaten der alliierten Streitkräfte später durchaus gesucht, denn die Amerikaner ließen die Leichen »unseres Bombers« exhumieren und in ihre Heimat überführen, irgendwo in England, wie wir später erfuhren. Sie mussten aber doch irgendwelche Kenntnisse über den grausigen Vorgang oder den Verbleib dieses Mannes ihrer Luftwaffe gehabt haben, da immer gezielter nachgefragt wurde, wer was wisse. Gesucht wurde in einem größeren Gebiet, in dem der Absturz vermutet wurde. Was uns betraf, ohne Erfolg. Auf die uns brennend berührende Frage, was denn wohl einem Täter blühe, der einen abgeschossenen Flieger gefangen genommen und dann getötet hätte, erklärten uns die erwachsenen Familienmitglieder, Väter und Onkel gleichermaßen, dass ein solcher Täter selbstverständlich von den Siegermächten gehängt worden wäre. Diese schaurige und von uns fieberhaft erfragte Auskunft führte dazu, dass wir unser Wissen über den Vorgang am Misthaufen noch tiefer in uns begruben.

Noch bevor die Amerikaner bei uns eingerückt waren und damit der Krieg zu Ende war, machten sie vorher schon eine Art Jagd auf jeden, der sich im Freien bewegte, insbesondere galt dies für die auf den Äckern arbeitenden landwirtschaftlichen Eigentümer, die Bauern und ihre Gehilfen, die den »Reichsnährstand« stützen und sichern sollten. Der Schreckensruf »Tiefflieger« ertönte erstmals Anfang 1945 und kurz vor der Kapitulation noch reichlich oft. Es war nicht ersichtlich für einen vernünftigen Menschen, warum und wieso die Amerikaner mit ihren Tieffliegern nicht nur Züge oder irgendwelche Truppenbewegungen beschossen, sondern auch regelmäßig harmlose Bauersleute auf dem Feld. Die Mentalität der Jagdbomber-Piloten konnte man uns nicht vernünftig erklären.

Am übelsten und damit am gefürchtetsten waren die Flugzeuge des Typs P 38 oder Lightning, deren Erscheinungsbild wir nie vergessen haben, wie sie im Tiefflug über das offene Gelände jagten und dabei aus ihren Maschinengewehren auf alles feuerten, was sich bewegte. Die »Doppelrümpfe« besaßen offensichtlich eine große Wendigkeit und Schnelligkeit, sodass sich jeder beim geringsten Anlass und dem entsprechenden Warnruf in eine Ackerfurche warf oder hinter einem dickeren Baum Schutz suchte. Wahrscheinlich haben die amerikanischen Piloten es als eine Art Hasenjagd angesehen, die sie hier auf die armen Menschen veranstalteten. Bei einem solchen Vorfall wurde auch die alte »Hexe«, vor der wir uns doch am Anfang gefürchtet hatten, von einer Maschinengewehrgarbe erfasst und blieb tot im Graben zwischen zwei Äckern liegen, weil sie nicht schnell genug in den Grenzgraben flüchten konnte. Diese Vorgänge führten bei uns weiter zu der Überlegung, dass doch die Amerikaner und die Engländer feige und hinterlistige Mörder waren, die sich einer offenen Feldschlacht nie stellen würden und deshalb alles mit ihren verdammten Flugzeugen niedermachten, sogar eine alte harmlose Bäuerin. Die Lightnings kamen uns so schnell und flink vor, wie es gar nicht zu beschreiben war. Kaum hatte man sie am Horizont im Tiefflug entdeckt, waren sie auch schon da und der Dreck am Boden spritzte durch die Maschinengewehrsalven in Linie auf. Dies ging soweit, dass Eltern ihren Kindern verboten, auf offenen Flächen zu spielen, da jederzeit mit einem solchen Überfall eines Tiefliegers gerechnet werden musste. Auch diese Vorsorgemaßnahme trug nicht gerade zur Begeisterung von uns Buben bei.

Kapitel 5

Die Amis kamen um drei

Ich kann mich noch daran gut erinnern, denn wir waren dabei, Willi, Karlhorst und ich. Es war ein warmer Vorfrühlingstag mit einem blassblauen Himmel ohne Kondensstreifen der feindlichen Flieger, und auf der Ruppertswiese wuchs bereits das Gras. Es war unser Lieblingsspielort; der Hang fiel in grünen Wellen hinab zu dem kleinen Bach, der sich durch das Tal schlängelte. Bald würde wie jedes Jahr das Wiesenschaumkraut blühen und die zartblau-rosa Blüten den ganzen Hang überschwemmen. Bei den Indianerspielen legten wir uns am oberen Hang auf den Bauch und blickten über den Hang, sodass die Blüten in Augenhöhe waren. Wenn der Wind darüber ging, bildeten wir uns ein, so müsse es am Meer aussehen, das natürlich noch niemand von uns gesehen hatte, unsere Kenntnisse und Vorstellungen stammten nur von Bildern. Später wuchsen hier die Trollblumen mit ihren gefüllten gelben Kelchen, von denen Vater schon zu jener Zeit gesagt hatte, man müsste sie eigentlich unter Schutz stellen, da sie immer seltener würden.

An jenem später so aufregenden Tag beobachteten wir die deutschen Soldaten, die zwei Tage zuvor in das Dorf gekommen waren. Das Dorf lag auf einem Hügel und das Kopfsteinpflaster des Marktplatzes dröhnte von den Tritten der hin und her rennenden Männer der Waffen-SS, die angefangen hatten, Sandsäcke vor dem Rathaus aufzubauen und zwei Maschinengewehre aufzustellen. Am

Bahnhof sollte angeblich ein Vierlingsgeschütz in Stellung gebracht worden sein, um feindliche Flieger abzuwehren, zudem wurden einige Panzerfäuste herumgeschleppt. Sie schienen nicht gleichmäßig mit Leichtwaffen ausgerüstet zu sein.

Als angehende Pimpfe waren wir stolz darauf, über die militärische Ausrüstung gut informiert zu sein. Da auf uns Buben keiner besonders achtete, bekamen wir auch mit, dass der Altbürgermeister sehr aufgeregt mit einem Hauptmann der Waffen-SS-Leute verhandelte und sie geradezu anflehte, doch um Himmels Willen nicht Anstalten zu machen, etwa das harmlose Dorf auf dem Hügel zu verteidigen. Er wurde mit der Bemerkung barsch abgefertigt, der Feind müsse überall und an jeder Stelle und mit allen Kräften aufgehalten werden und schließlich stünden die Amis ja bereits seit dem 26. März in Frankfurt. Wir fanden die Antwort des Soldaten völlig richtig, denn schließlich wussten wir ja aus den letzten Nachrichten des Volksempfängers, dass der Endsieg dank der entwickelten Wunderwaffen immer noch greifbar nahe war.

Während wir auf der Ruppertswiese lagen und über die Straßen zum Marktplatz hinauf schauten, dachte ich darüber nach, wie ich meine Mutter endlich dazu bringen könnte, mir das nötige Braunhemd zu beschaffen, um zu Führers Geburtstag am 20. April als Pimpf in das Jungvolk aufgenommen zu werden. Karlhorst hatte diese Sorgen nicht, er hatte bereits ein Braunhemd, und Willi behauptete, seine Mutter habe gesagt, eine Anschaffung sei nicht mehr nötig, da man bereits die Kanonen der Front hören könne. Diese Äußerung war mir völlig unverständlich, da der einzige Kriegslärm, den wir bis dahin erlebt hatten, von den Bombardierungen Frankfurts herrührte. Karlhorsts Eltern waren erst vor einem knappen Jahr in unser Dorf gezogen und hatten als Ausgebombte eine

Wohnung über der Metzgerei am Markt zugewiesen bekommen. Seine Mutter musste eine ziemlich überzeugte Nationalsozialistin sein, jedenfalls trug sie an jeder Jacke und jeder Bluse ihr NS-Frauenschaftsabzeichen und selbst die Brosche, mit der sie ihre weiße Sonntagsbluse am Hals zusammenhielt, war mit irgendwelchen germanischen Runen verziert. So eine musste doch eine treue Anhängerin des Führers sein. Mutter äußerte sich manchmal eher abfällig und wenig tapfer mit der immer wieder wiederholten Bemerkung, dass der verdammte Krieg doch irgendwann endlich zu Ende sein solle. Merkwürdigerweise sprach sie nur davon, dass sie das »Kriegsende« herbeisehne, und nicht von dem selbstverständlichen Endsieg.

Es waren ungefähr 100 Soldaten der Waffen-SS in unserem Dorf, die offenbar eine Art Verteidigungsstellung aufbauen wollten. Auffällig war – und das gab zu mancherlei Vermutungen Anlass –, dass sich bei den SS-Männern mit ihren schwarzen Uniformen auch einige ältere Männer in ziemlich abgerissenen feldgrauen Uniformen befanden, die sich von dem doch recht gepflegten Erscheinungsbild der anderen Soldaten seltsam unterschieden. Einen geradezu exotischen Eindruck aber hinterließen ein etwa 16-jähriges Mädchen in ihrer BdM-Uniform und ihr jüngerer Bruder in Zivil, die merkwürdigerweise mit dem ganzen Soldatenhaufen ebenfalls eingezogen waren. Aus dem Gerede der Dorfbewohner war nur zu entnehmen, dass es sich dabei um irgendwelche Flüchtlinge handele, die sich den Soldaten angeschlossen hätten, was uns wie ein aufregendes abenteuerliches Märchen vorkam. Gering schien dann auch die Aussicht, dass es um unser Dorf zu Kampfhandlungen kommen würde, wobei selbstverständlich unsere Wehrmachtssoldaten die Angreifer sofort zurückschlagen würden, wie wir es ja in der Schule jeden Tag gehört und verinnerlicht hatten.

Nachdem wir den Vormittag mit der Beobachtung der neuen Geschäftigkeit im Dorf verbracht hatten, wurde zum Mittagessen von Mutter wieder die Mahnung erteilt, sich nicht zu weit vom Haus zu entfernen, da jetzt die Gefahr bestehe, dass der Krieg auch »zu uns kommt«. Derartige Hinweise erregten uns, sodass ich für kurze Zeit mein fehlendes Braunhemd vergaß. Der frühe Nachmittag wurde wieder von der wärmenden Frühlingssonne bestimmt und neben der Aussicht, jetzt wirklich Aufregendes zu erleben, fanden wir es angenehm, dass schon seit Tagen die Schule ausfiel, wenn man davon absah, dass wir bis vor Kurzem noch zum Heilkräutersammeln befohlen worden waren. Die von uns mühsam gepflückten Säcke voll Huflattich, Schafgarbe und Johanniskraut lagen jetzt auf dem Speicher der alten Volksschule zum Trocknen, wahrscheinlich würde sich kein Mensch je wieder darum kümmern. Da auch der einzige Lehrer der Schule an der Front war, unterrichtete ein ältliches Fräulein, das in Ermangelung anderer Vorzüge auch jeweils stolz sein Parteiabzeichen am Revers der Kostümjacke trug. Sie hatte wohl selbst keine Lust mehr oder folgte besserer Einsicht, sodass seit Tagen kein Unterricht mehr gehalten wurde. Naturgemäß empfanden wir dies als besonders angenehm. Auch von den im Dorf verbliebenen älteren Bauern und den als Knechten auf einigen Höfen arbeitenden französischen Kriegsgefangenen sah man niemand mehr aufs Feld mit den Kuhgespannen fahren; die eigentümliche Stille über dem gesamten Ort wirkte so, als ob jedermann den Atem anhalten würde.

Mutter hatte natürlich anstelle der aufregenden Erwartungen wieder nur ihren Spruch parat, dass sie den kommenden Frühling bereits schmecken könne. Dies veranlasste mich immer wieder dazu, den Mund aufzusperren, die Luft einzusaugen und zu schmatzen, da ich ja auch den

Frühling schmecken wollte. Außer dass die Luft kühl war und die Erde an Rupperts Wiese, wenn man die Nase daran hielt, eben nach Erde roch, vermochte ich Mutters Geschmacksbehauptungen nicht nachzuempfinden.

Als am frühen Nachmittag plötzlich ein bedrohliches Wummern in der Ferne zu hören war, unterbrochen von mehreren Explosionen, liefen einige ältere Dorfbewohner auf dem Marktplatz zusammen und Altbauer Karl Wagner, der schon im Ersten Weltkrieg gewesen war, erklärte wichtig, das dunklere Wummern sei Artillerie und die einzelnen Explosionen seien Feuer aus Panzerkanonen. Schließlich könne er das beurteilen, da er am Klang Haubitzenfeuer von Panzerfeuer unterscheiden könne. Er wurde ehrfürchtig angestaunt ob seiner profunden Kenntnisse. Der militärische Vortrag war aber nur von kurzer Dauer, da der Hauptmann der Waffen-SS erschien und allen Dorfbewohnern befahl, sich unverzüglich in die Luftschutzkeller zurückzuziehen mit dem drohenden Hinweis, wer sich in einer halben Stunde noch auf der Straße blicken lasse, werde unweigerlich erschossen. Das Gleiche gelte für jeden Dorfbewohner, der es wage, ein weißes Tuch aus dem Fenster zu hängen. Da ein Soldat irgendwo eine Bemerkung fallen ließ, bevor wir zu verschwinden hatten, dass der Feind sich von Südosten her nähere, kam Willi sofort auf den Gedanken, statt in den Luftschutzkeller auf den Dachboden zu schleichen, da aus den Dachgauben des ohnehin am höchsten Punkt des Marktplatzes stehenden Hauses nach allen Richtungen eine hervorragende Fernsicht gegeben war. Zwischen Christbaumkugeln und Lametta vom letztjährigen Weihnachtsfest und verstaubten alten Akten standen wir fiebernd vor Erregung an den Fenstern, wobei wir hin und her flitzten, um ja nichts zu verpassen.

Und dann – wir sahen sie! Wie eine Reihe plumper Riesenschildkröten mit ihrer grünbraunen Farbe krochen etwa 20 Panzer hintereinander fahrend die Straße zu unserem Dorf herauf. Der fünfzackige weiße Stern war gut zu sehen. Offenbar waren die Feinde auch völlig arglos, denn aus dem vorderen Bereich des ersten Panzers schaute der Kopf eines Amerikaners mit einer merkwürdigen grünen Bedeckung heraus.

Unten, wo die beiden Maschinengewehre auf der Rathaustreppe postiert waren, erschallte plötzlich ein wildes Geschrei der Soldaten mit dem ständigen erschreckten Ausruf »Panzer – Panzer!« und plötzlich war die Straße leer, der Marktplatz totenstill und keiner unserer Verteidiger mehr zu sehen. Sie hatten sich – wie wir später erfuhren – in ein Wäldchen nördlich des Ortes geflüchtet und von da angeblich »planmäßig abgesetzt«. Zu unserer Entrüstung ließen sie die beiden Maschinengewehre sowie die Vierlingsflak am Bahnhof zurück, eine Verhaltensweise, die wir Buben als verachtenswert ansehen mussten. Mutter behauptete später natürlich, es sei das Schlaueste, was die Soldaten hätten tun können.

Die fiebrige Erwartung löste sich mit einem Schlag. Wir hörten nur einen dumpfen Knall und der Geschützturm des ersten Panzers stand schief, während der Panzer sich zur Seite drehte und eine Rauchwolke aufstieg. Der Kopf des Soldaten war verschwunden und der Panzer fing an zu qualmen. Ein ebenso erregendes wie schreckliches Schauspiel schloss sich an; die anderen Panzer schwärmten aus und fuhren in einem Halbkreis in die Felder neben der Landstraße und begannen auf das Dorf zu feuern, in dem sie wohl hohen militärischen Widerstand erwarten mussten. Die Angst kroch in uns hoch und mich befiel eine leichte Übelkeit. Wir sausten die Treppen hinunter bis in den Keller, wo im Luftschutzraum schon die anderen Hausbewohner versammelt waren und uns mit sorgenvollen Beschimpfungen überfielen, wo wir denn gesteckt hätten. Das Feuer der Panzerkanonen dauerte nur wenige Minuten und hörte dann auf. Lediglich das drohende Rasseln der Ketten von draußen war noch zu hören.

Nachdem die Panzer ein paar Gehöfte am Ortsrand in Flammen geschossen hatten, flogen überall aus den Fenstern weiße Bettlaken und Tücher, sodass der gesamte Dorfkern weiß gesprenkelt war. Altbauer Wagner hatte zusammen mit einem französischen Kriegsgefangenen namens Pierre den unglaublichen Mut aufgebracht, mit einer weißen Fahne den Amis entgegenzutreten, wobei Pierre sich freiwillig bereit erklärt hatte, das Risiko erschossen zu werden einzugehen, weil er als einziger Englisch sprechen konnte. Den beiden schlotterten nach späteren eigenen Angaben die Knochen vor Angst bei dem Auftrag, den Feind zu überzeugen, dass nur ein einziger Schuss gefallen war und sonstiger Widerstand nicht zu erwarten wäre. Ihre einzige Hoffnung war die Tatsache, dass die Amerikaner aufgehört hatten zu schießen. Sie hatten sich wohl selbst davon überzeugt, dass es sich bei dem erfahrenen Widerstand um einen Einzelfall handelte.

Die für uns aufregenden Details der Aktion erfuhren wir später, die Geschichte führte zu beträchtlicher Aufregung und ausgiebigem Dorfklatsch auf lange Zeit. Es war die unerwartete Wendung, die sich ergab, nachdem die SS-Soldaten im Wald verschwunden waren und die Häuser bereits weiß beflaggt waren. Das BdM-Mädchen hatte sich eine der zurückgelassenen Panzerfäuste geschnappt und war mit ihrem Bruder durch ein großes Wasserrohr im Straßengraben oberhalb von Ruppers Hang gekrochen, dort hatten sich die beiden auf die Lauer gelegt. Sie ließen den Panzer auf fast 30 Meter herankommen und feuerten dann die Panzerfaust ab. Danach versuchten sie wieder durch das Abflussrohr zu flüchten, jedoch hatten die Panzer begonnen, mit wildem Maschinengewehrfeuer das ganze Gelände zu bestreuen. Dabei hatten sie schrecklichen Erfolg. Pierre und der Bauer konnten noch sehen, dass der Junge, der wohl einen Oberschenkeldurchschuss erlitten hatte, ebenso weggebracht wurde wie das Mädchen, das mehrfach von der Maschinengewehrgarbe getroffen worden war. Sie lag auf der Trage der amerikanischen Sanitäter und ein Arm und ein blonder Zopf, die über den Rand hingen, schaukelten beide grausig beim Abtransport. Dabei konnten wir entsetzten Beobachter nicht einmal feststellen, welche Opfer aufseiten der Amerikaner festzustellen oder zu versorgen waren; möglicherweise war dem ersten Panzerfahrer der Kopf abgeschossen worden.

Für einen Moment trat Totenstille ein. Einige Panzer schwenkten langsam ihre Geschützrohre hin und her, es fiel jedoch kein Schuss mehr. Dann setzten sich die stählernen Ungetüme rasselnd wieder in Bewegung, fuhren die Bergstraße hinauf über das Kopfsteinpflaster des Marktplatzes und am anderen Ende des Dorfes hinaus in westlicher Richtung. Die Zeit schien stehen zu bleiben. Bleierne Stille lag über dem Ort. Dann kam die Kolonne der Jeeps und Mannschaftswagen mit Infanterie; die zu erwartenden zukünftigen Besatzer. Wir trauten uns berstend vor Neugier wieder aus dem Haus, gefolgt vom Prasseln der Vorhaltungen, Ermahnungen und Aufforderungen unserer aufgeregten Mütter, sofort zurückzukommen.

Der Anblick traf uns wie ein Stoß vor die Brust. In dem ersten der kleinen und wendigen Fahrzeuge, die wir später als Jeeps kennenlernten, saßen zwei Offiziere, wobei wir schnell lernten, dass zwei weiße Balken auf dem Helm den Träger als Hauptmann und ein weißer Balken als Leutnant kennzeichneten. Außer den beiden Offizieren, die die weiße Kennzeichnung auf ihrem Helm trugen, saß als Fahrer in dem Fahrzeug ein großer muskulöser »Neger«, der seine Uniformärmel hochgerollt hatte. Sein Rang war anders zu bewerten, da er drei Winkel nach oben und zwei Winkel nach unten mit einem Viereck in der Mitte aufzuweisen hatte. Jedenfalls war das Symbol so ähnlich gestaltet. Wir lernten später, dass er damit als Master Sergeant ausgewiesen war, was in etwa dem deutschen Hauptfeldwebel entsprach. Dabei konnten wir unsere Weisheiten gar nicht an die Erwachsenen weitergeben, da sich diese lange nicht trauten, irgendwelche Kontakte zu den Amerikanern aufzunehmen.

Aber wir rissen erst einmal Auge und Münder in glotzendem Erstaunen auf, als wir den Fahrer des Jeeps sahen. Zum ersten Mal in unserem Leben sahen wir einen Menschen der Rasse, die von geheimnisvollen Bekundungen umgeben war. Der Fahrer war ja wirklich pechschwarz.

An seinen bloßen Unterarmen glänzten rechts wie links mehrere Armbanduhren, wobei er die Uhren weiter oben auf den Muskeln seiner Unterarme durch Verlängerung des Uhrenarmbandes mit Klebeband gesichert hatte. Details, die wir trotz unserer Aufregung gierig in uns aufsogen. Das Hochrollen der Ärmel und damit demonstrative Zeigen der Armbanduhren bewies uns nur, dass er die Uhren entweder von deutschen Soldaten gestohlen oder von solchen Gefangenen abgenommen hatte, wobei wir uns deutsche Gefangene in der kindlichen Fantasie kaum vorstellen konnten.

Was hatten wir in der Vergangenheit nicht alles von den schwarzen Männern erfahren, die von den feigen Amerikanern immer in die vorderste Front gegen unsere tapferen Wehrmachtssoldaten geschickt wurden und ihrer Rasse entsprechend wild und grausam sein mussten. Mich erfasste ein Beben von den Knien bis zum Kopf in der Erwartung, er und die weiteren eintreffenden Schwarzen müssten doch jeden Moment von ihren Wagen springen, sich irgendein geschwungenes Messer zwischen die Zähne klemmen und über die Bevölkerung, insbesondere die Frauen, herfallen. Die wildesten Szenen hatten uns Propaganda und unsere dadurch beflügelte eigene Fantasie bereits seit Langem vorgegeben. Entscheidend war die Erkenntnis, dass es sie also wirklich gab, die schwarzen Männer in den Truppen des Feindes.

Im zweiten Fahrzeug saßen jetzt auch der Altbauer Wagner und Pierre mit ihrer kümmerlichen weißen Fahne, die Pierre immer noch schlapp, aber bedeutungsschwer in seinen Händen hielt. Wir konnten aber immerhin feststellen, dass sie noch lebten. Keinem war also der Hals durchgeschnitten worden. Erste Erleichterung machte sich breit.

Kapitel 6

Erste Kontakte

Nachdem die Amerikaner mit ihren Bodentruppen auch in unserem Ort eingerückt waren, wurde zunächst Quartier gemacht für die Soldaten und schließlich auf einem getrennt liegenden Platz neben unserem Sportplatz eine Ansammlung ihrer militärischen Fahrzeuge aufgefahren. Jetzt waren die Fronten umgekehrt. Wir stahlen aus den abgestellten Fahrzeugen der Amerikaner wie die Raben. Wir hatten schnell herausgefunden, dass in der Klappe vorne rechts vor dem Beifahrer stets zu finden waren: Schokolade, gepresste K-Rationen und sonstiges »Trockenfutter«.

Die Lebensmittel waren heiß begehrt, schon gar wenn Schokolade oder Kaugummis zu finden waren. Obwohl die einfachen amerikanischen Soldaten uns Kindern gegenüber recht spendabel waren, erschien es uns doch angebrachter, sie zu beklauen und so nachträglich kleine deutsche Triumphe gegenüber den Alliierten zu erringen.

In die Anfangszeit der Besatzung in unserem Dorf fiel dann auch die merkwürdige Suche nach etwaigen »Werwölfen« in den nahegelegenen dichten Waldgebieten. Nach hartnäckigem Befragen unserer Eltern teilte Willis fanatische weibliche Verwandtschaft mit, dass der Führer angeordnet habe, in der Schlussphase des Krieges in den Wäldern »Werwölfe« auszubilden, die im Untergrund gegen die vorrückenden Alliierten vorgehen sollten. Auch Kinder unter 15 Jahren sollten ausgebildet werden.

Es gab nur wilde Gerüchte über solche Lager von Werwölfen, die Überfälle nach Partisanenart auf die Amerikaner und Engländer ausführen würden. Jedenfalls glaubten die Amerikaner ganz offensichtlich daran, da sie in der Umgebung vorsorglich nach solchen Werwolflagern forschten. Willi und ich hatten eines Tages das ausgemachte Pech, dass wir bei einem unserer Diebstähle an den Jeeps und Lastwagen der Amerikaner schließlich doch erwischt und dann von zwei Soldaten mit vorgehaltener MP ins Rathaus des Ortes dirigiert wurden. Es musste ein lächerlicher Anblick gewesen sein, als wir zwei Buben in kurzen Hosen mit hocherhobenen Händen unter vorgehaltener Maschinenpistole abgeführt wurden. Der Bürgermeister, der leidlich Englisch sprach, machte unseren entsetzten Müttern, die sogleich herbeigeeilt waren, klar, dass wir offensichtlich irgendwelche Maßnahmen gegen die Amerikaner unternommen hätten, die böse Folgen haben könnten. Die Amerikaner, die uns festgenommen hatten, sprachen uns direkt an mit der nachdrücklichen Versicherung, wenn wir nicht die Wahrheit sagen würden, könnten wir was erleben.

Die Verständigung kam durchaus zustande, da uns eine hervorragende Ausrede einfiel. Wir behaupteten, dass wir auf dem Gelände, wo die Fahrzeuge abgestellt waren, nur Federball gespielt hätten und ab und zu einmal zwischen die Jeeps und Lkws hätten laufen müssen, wenn der Federball dorthin geflogen war. Da in unseren Hosentaschen zufällig an diesem Tag keine »Kriegsbeute« in der geschilderten Art zu finden war und wir auch bei unserer Festnahme einen Federballschläger in den Händen hatten, ließen sie uns dann, von unserer Harmlosigkeit überzeugt, laufen. Wir selbst platzten fast vor Stolz, dass wir dem Feind derartig entgegengetreten waren. In Wirklichkeit hatten wir die Hosen voll und sahen uns schon standrechtlich erschossen.

Wir bereuten unsere kleinen Diebereien nicht besonders – wir ließen unsere Finger nur von dem uns bekannten Jeep Sams. An den bedrohlichen Anblick des großen schwarzen Mannes hatten wir uns längst gewöhnt, zumal er ein gutmütiger Mensch war und dies auch zeigte. Er war für uns Buben eine ständige Quelle für den Erhalt von Kaugummi, Schokolade und sonstigen Süßigkeiten. Allerdings musste man bei ihm eine sportliche Leistung vollbringen, um in den Genuss der genannten Dinge zu gelangen.

Sam warf nämlich die Süßwaren so weit er konnte und wir mussten auf ein Kommando von ihm rennen, um sie zu ergattern. Naturgemäß waren dies stets diejenigen, die am schnellsten auf den Beinen waren und entsprechende sportliche Leistungen vorweisen konnten. Ich selbst war kein großer Läufer und damit ständig im Nachteil, bis ich einen simplen, aber effektiven Trick anwandte: Ich schlich mich zunächst recht unauffällig nach vorne und verkürzte so die Flugbahn des Päckchens Kaugummi, das ich dann auch ergattern konnte. Die anderen durchschauten dieses Spiel allerdings sehr schnell und meine selbst gefundene Laufvorgabe von etwa dreißig Metern wurde annulliert und mit Kaugummi war es wieder nichts.

Da wir ohnehin ständig Hunger hatten, war das Beste, was man von einem freundlichen Amerikaner an der Feldküche der Truppe bekommen konnte, einer der sogenannten »Hot-Dogs« oder gar ein Hamburger, der später zu einem selbstverständlichen Genuss in unserer Jugendzeit wurde. Wir lernten auch schnell wesentliche Brocken und Worte der englischen Sprache zu verstehen und zu sprechen, im Gegensatz zu den Erwachsenen, soweit sie keine höhere Schulbildung hatten. Am besten konnten wir uns die Flüche der amerikanischen Frontsoldaten und ihre schmutzigen Beleidigungen merken, ohne dass wir überhaupt eine Ahnung hatten, was denn »fuck« oder »son of a bitch« eigentlich bedeuten sollte. Diese Spezialkenntnisse eigneten wir uns später schnell an.

Die erste Welle der amerikanischen Armee, die in unserem Dorf eingerückt war, war zwar nicht bedrohlicher als die später nachrückenden Besatzungs-Etappentruppen, aber von einer uns fremden Rohheit.

Zunächst einmal wurden alle größeren Mietwohnungen und auch vereinzelt Eigenheime besetzt und beschlagnahmt, nachdem man die Bewohner zuvor rigoros hinausgeworfen hatte. Der Standortkommandant, ein Major – goldener Balken am Käppi –, erklärte dem Bürgermeister auf dessen Beschwerde kühl, dies seien eben Kriegsfolgen und die deutsche Bevölkerung müsse sehen, wo sie unterkomme, sie solle bei ihren Freunden oder Bekannten einziehen.

Neben dieser Möglichkeit wurde zusätzlich auch eine Art Matratzenlager in den Räumen des örtlichen Amtsgerichts wie auch im Gemeindehaus der Pfarrei eingerichtet, was letztlich bedeutete, dass wir mit unseren Nachbarn, Frauen sowie – soweit vorhanden – Männern und Kindern auf dem Boden auf Matratzen übernachteten, während sich der Feind in unsere geliebten und bequemen Betten legte. Das spornte uns noch mehr an, die Amis wenigstens so weit zu beklauen wie möglich.

Einmal hatten wir eine Blechbüchse in dem typisch amerikanischen grünen Lack ergattert, bei der es sich laut Aufschrift um »Dubbing« handelte. Wir wussten, dass die Amerikaner sämtliche ihrer Lebensmittel in diesen dunkelgrünen Blechdosen verpackt hatten. Was also war Dubbing? Willi Oberschlau drängte sich vor und erklärte, die

Übersetzung sei sonnenklar, die in der Büchse befindliche beige bis hellgelbe Paste könne nur Pudding bedeuten. Wir nahmen eine Kostprobe des angeblichen Puddings vor, mit dem bedauerlichen Ergebnis, dass es sich, wie wir später klären konnten, um Schuhcreme für die Schnürstiefel der Amerikaner handelte.

Der dünne Kulturanstrich der Amis, wie die Mutter bemerkte, zeigte sich in erster Linie darin, dass sie die geliebten Teppiche aus unserer Wohnung im Wohnzimmer und Esszimmer mit scharfen Messern zerschnitten und die daraus entstandenen Streifen auf die Holzbänke des nachbarlichen Gartens – einer früheren Wirtschaft – nagelten. Mutter bemerkte noch spöttisch, so warm würden die Teppiche die Hintern der Amerikaner nun auch nicht halten können.

Uns hingegen schien es eindrucksvoller und aufregender, dass sie die Bilder von den Wänden nahmen, nachdem sie vorher mit zwei Bajonettschnitten für deren gründliche Beschädigung gesorgt hatten. Wobei uns unverständlich war, warum man Landschaftsszenen zerstörte, während doch ein Führerporträt gar nicht vorhanden war, das man in dieser Form ruhig hätte traktieren können, nachdem der Krieg vorüber war. Das obligatorische Führerbild hatte es zwar gegeben, aber es war längst im Keller im Brennmaterial verschwunden.

Wir freundeten uns langsam in einer gewissen Weise mit den Soldaten an, zumal sie uns überschüssiges Essen aus ihrer bewundernswerten Feldküche in Töpfe und Kannen überließen, die wir mehr oder weniger bettelnd zum Zeitpunkt der jeweiligen Essensausgabe mitbrachten. Im Übrigen galt zwar das Gebot des Ortskommandanten »no fraternisation«, aber man scherte sich eigentlich doch wenig darum. Verstörend wirkte das Verhalten der Soldaten nur in einem Punkt: Wir wurden unwissentlich als eine Art Sexboten benutzt. Die Soldaten drückten uns ein in silbernes und blaues Papier eingesiegeltes Gummi in die Hand, zusammen mit einer Tafel Schokolade, und verlangten, dass wir nunmehr die Schokolade irgendeinem »Fräulein« überbringen sollten. Gleichgültig ob Dorfbewohnerin oder zwangsweise hier gelandete Ukrainerin oder eine sonstige »DP«. Die Mädchen und jungen Frauen, die das Präsent unter merkwürdigem Gekicher entgegennahmen, waren uns rätselhaft – mit der Ausnahme, dass wir von der Tafel Schokolade eine Rippe als »Provision« bekamen.

Die Frauen des Hauses waren allerdings übereinstimmend der Meinung, dass es sich hier um ein schamloses Verhalten handele und sich die jungen Frauen mehr oder weniger verkauften. Den Zweck des Gummis hatten wir nicht erfasst, die Soldaten grinsten und sagten, es handele sich um amerikanische Luftballons und wir sollten sie aufblasen und wieder den Mädchen bringen.

Diesem Treiben wurde ein Ende gesetzt, nachdem mehrfach im Gebüsch hinter der Kommandantur benutzte Kondome in den Zweigen besichtigt werden konnten, gleichsam exotische Baumfrüchte, aber unbekannten Benutzungszwecks. Kleine Verständigungssignale zwischen den betroffenen Parteien führten aber rasch dazu, dass wir Buben Sinn und Zweck eines Kondoms doch wenigstens in groben Umrissen zu verstehen wussten.

Was wir weiterhin nicht verstanden, war, dass die Erwachsenen die eingesiegelten Gummis teils als Präservative, teils als Pariser oder auch mit anderen merkwürdigen Bezeichnungen belegten. Da sie wie gesagt später nach Wegwurf hinter dem großen Backsteinbau der Kommandatur in den Ästen der jungen Bäume und Hecken hängend gefunden werden konnten, entschlossen wir uns, den offenbar gebräuchlichsten Namen »Pariser« zu verwenden.

Einige ältere Frauen, eine Art selbsternannte Keuschheitsliga, brachten die Ausdrücke »Amiliebchen« und »Aminutte« in den Sprachumgang. Uns war die ganze Sache egal, Hauptsache, die Soldaten gaben unverständlicherweise für diese Gummis auch noch Süßigkeiten, falls sie an den Mann – in diesem speziellen Fall an die Frau – gebracht wurden.

Nach der Besetzung des Ortes durch die Amerikaner und nachdem sich die erste ängstliche Aufregung gelegt hatte, konnten sogar wir Buben bemerken, dass eine neue Welle der Angst durch die Gemeinde lief. Es handelte sich um die nunmehr befreiten früheren Zwangsarbeiter und Zwangsarbeiterinnen sowie um die »DP«, die nach einiger Zeit Angst und Schrecken verbreiteten. Sie waren in der ersten Zeit nach dem Einzug der Besatzer als frühere Zwangsarbeiter dadurch gekennzeichnet, dass sie auf ihren Arbeitsklamotten in weißer Farbe ein großes D und ein großes P verzeichnet hatten, was – wie wir schnell lernten – so viel bedeutete wie »Displaced Persons«. Hierbei handelte es sich nicht nur um etwaige befreite Kriegsgefangene oder um die zahlreichen vorhandenen Zwangsarbeiter aus dem Osten, insbesondere Polen und Ukrainer, die vorher überwiegend in der Feldarbeit eingesetzt waren. Bei den DPs handelte es sich vielmehr um Menschen verschiedenster Herkunft, die aus ihrer Heimat geflüchtet waren, und zwar vor den deutschen Truppen und später teilweise vor den Truppen der Roten Armee im Osten, und für die zunächst einmal offensichtlich überhaupt niemand zuständig war. Sie traten dann einzeln oder in kleineren Gruppen auf und führten sich bald – nachdem sie ja »befreit« waren – selbst wie Besatzungstruppen im Kleinformat auf. Es kam auch laufend zu Übergriffen. Beschwerden der betroffenen Deutschen bei dem amerikanischen Ortskommandanten hatten wenig Erfolg, da die Amerikaner sich nicht im Geringsten genötigt sahen, sich hier noch ein weiteres Problem aufzubürden. Am häufigsten waren Beschwerden über Übergriffe gegenüber Frauen und Mädchen, wobei wir Buben zwar mitbekamen, dass hinter vorgehaltener Hand derartige Vorgänge flüsternd besprochen wurden, ohne dass wir jedoch genau erfassen konnten, was da eigentlich gemeint war. Es geschah auch nichts Augenscheinliches, was eine Bestrafung oder Reglementierung dargestellt hätte. Die nunmehr freien Zwangsarbeiter und besonders die DPs ließen sich auch durch die Amerikaner trotz der Beschwerden der deutschen Bevölkerung nicht davon abhalten, sich als kleine Besatzer aufzuführen.

Schließlich führte die allmähliche Normalisierung der Verhältnisse dahin, dass die Amerikaner doch die DPs in eine gewisse Disziplin zwangen und die Axt aus dem Schlafzimmer der Eltern wieder in den Keller verschwand.

Das für uns augenscheinlich beste Ergebnis der Verhältnisänderung war, dass die DPs eines Tages wie durch Zauberkraft vollständig verschwunden waren, lediglich der Schmied hatte gesehen, dass sie von Amerikanern in Lastwagen abgeholt wurden und offensichtlich zu irgendwelchen Lagern transportiert werden sollten. Die Atmosphäre war nicht etwa unheimlich gewesen, da der Vorgang auch nicht so heimlich vonstatten ging wie damals, als die Fischmanns verschwanden, sondern ganz öffentlich und ohne sichtbaren Protest der DPs. Auf jeden Fall atmeten wir auf, dass diese Landplage verschwunden war.

Unser persönliches Erleben mit einigen DPs, die sich noch im Ort befanden und früher bei verschiedenen Bauern gearbeitet hatten, berührte eine wichtige Frage, nämlich die Beschaffung von Heizmaterial für den kommenden Winter. Vor der Zugangstür zu unserem Kohlenkeller im Familienhaus war nämlich zum Schutz gegen Bombensplitter ein Holzverhau aus mittelstarken Fichtenstämmen nach Anweisung der Naziortsgruppe errichtet worden. Offenbar sollte dieses seltsame Gebilde die Personen schützen, die bei einem Bombenangriff in den Keller des Hauses flüchten würden, wobei der Splitterschutz in seiner Bedeutung anscheinend schlicht übertrieben war, jedenfalls nach unserer Vorstellung. Egal wie, das restliche Holz war da und sollte nach Meinung des Bürgermeisters in praktische kurze Stücke zersägt werden, um so eine recht große Menge Heizmaterial zu produzieren. Direkt hinter dem Eingang in den Keller lag die große Wurstküche des benachbarten Metzgereibetriebs mit dem großen Kesselgefäß, das sowohl bei früheren Schlachtfesten und beim Zwetschgeneinkochen benutzt wurde wie es auch der »großen Wäsche« diente. Wir konnten beobachten, dass die DPs eines Tages begannen, auch die dem ehemaligen Splitterschutz dienenden Fichtenstämme zu zersägen und anschließend zu spalten, um handliches Feuerholz daraus zu produzieren.

Der Sinn der Holzbeschaffung wurde alsbald klar. Am Samstag heizten die aus Russland und der Ukraine stammenden Frauen die Waschküche ein, nachdem sie den großen Kessel mit Wasser gefüllt und unter dem Kessel ein Feuer entfachten hatten. Bald stand die Waschküche unter Dampfschwaden, woraufhin schließlich die Tür und das daneben befindliche Fenster von den Frauen mit einer Holzplatte beziehungsweise mit einem Blech verschlossen wurden. Die geheimnisvolle Tätigkeit und insbesondere die Anfachung des großen Feuers unter dem Kessel erregten ganz selbstverständlich unsere Neugier. Willi wies mit verschwörerischer Miene darauf hin, dass ja schließlich noch das kleine Fenster am Treppenaufgang vorhanden sei, das zerbrochen war und durch das die Dampfschwaden auch zum Teil abzogen. Hier schien ein guter Beobachtungspunkt für die seltsamen Vorgänge gegeben. An einem Samstag fassten wir also entsprechenden Mut und schlichen ins Treppenhaus, um durch das zerbrochene kleinere Fenster in die Waschküche spähen zu können. Durch den Wasserdampf mussten wir uns zunächst an die beschränkte Sichtmöglichkeit gewöhnen, dann wurde uns ein fremdes, aber nicht weniger aufregendes Schauspiel dargeboten. Die Frauen hatten sich vollkommen nackt ausgezogen, unter Juchzen und Gequieke setzten sie sich nacheinander auf den alten Schemel in der Waschküche und begossen sich eimerweise mit kaltem und warmem Wasser. Das Wasser lief an ihren Körpern herunter und staunend wie aufgeregt sahen wir die dunklen Haarbüschel unter den Achselhöhlen und die weitere Stelle zwischen den Beinen, wo ebenfalls das reichlich vorhandene Haar in feuchten Büscheln herunterhing. Offenbar erregte dieser Anblick die Badegesellschaft in keiner Weise, für uns war jedoch der Anblick höchst aufregend, da keiner von uns, wie wir später eingestehen mussten, je zuvor eine nackte Frau gesehen hatte. So also sahen sie aus, wenn sie ausgezogen waren. Unverzüglich entstand naturgemäß die Frage, ob unsere jeweiligen Mütter genauso aussehen würden. Befremdlich erschien uns auch, dass einige Frauen mehrere Bündel von jungen Zweigen mitgebracht hatten, so wie wir im Frühjahr die entsprechenden Gebinde ebenfalls aus Feld und Wald holten. Die nackten Frauen hielten diese Bündel büschelweise in der Hand und schlugen damit jeweils andere Frauen auf den Rücken und das Gesäß, wobei offenbar wurde, dass hier der Grund für das Juchzen und Gequieke lag, das wir uns vorher ohne unsere Beobachtungen nicht hätten erklären können.

Eine gewisse Faszination war für uns auch der allgemeine Körperbau dieser erwachsenen und meist jüngeren Frauen, wobei neben den dunklen Haaren zwischen den

Beinen und unter den Armen besonders auffällig war, dass sie meist schwere Brüste hatten, die bei jeder Bewegung aufregend hin und her schaukelten und meist rosige sowie große dunkle Brustwarzen aufwiesen. Die höchste Faszination der körperlichen Beschaffenheit der Frauen, die auf uns ausging, betraf aber die krausen, meist schwarzen Haare, die jetzt vor Nässe troffen und zwischen den Schenkeln der Frauen sämtlich wie schwarze Pinsel herabhingen.

Dies waren doch wesentlich aufregendere Anblicke als die bei unserer zehnjährigen Nachbarstochter Berta, die uns Buben gegen ein Bonbon oder zehn Pfennige einen Blick in ihre Unterhose werfen ließ. Da war aber nur nackte Kinderhaut, letztendlich wie auch bei uns selbst, und es wuchs kein schwarzes oder blondes Haar in Büscheln heraus. Diese wichtige Erkenntnis führte zu der logischen Überlegung in gemeinsamem Gespräch, dass wohl die Haare erst später dazukämen. Genaueres wussten wir natürlich nicht. Die neue Erfahrung führte aber zu erheblicher Aufregung und länger anhaltender Diskussion unter uns Buben. Niemand hatte wie gesagt tatsächlich jemals ein nacktes weibliches erwachsenes Wesen gesehen. Auch nicht im engsten Familienkreise, wo die Mütter und großen Schwestern unter »Kleiderverschluss« gehalten waren, zur Vermeidung neugieriger Bubenaugen. Der rein körperliche Unterschied zwischen den Geschlechtern war uns aber natürlich durch unsere Geschwister bekannt.

In diese Zeit fiel auch die etwas sonderliche Verhaltensweise unserer Mutter. Sie ordnete an, dass die Kinder nicht mehr alleine in ihren Betten schlafen durften, sondern zusammen mit ihr im großen Schlafzimmer, wobei sie neben dem Kopfende des Bettes die Holzaxt aus dem Keller deponierte. Fragen nach der Bedeutung der Axt im

Schlafzimmer wich sie stets aus. Nachdem wir mit unseren Fragen auch Pavel, einen freundlichen polnischen Landarbeiter, belästigten, sagte dieser unwirsch, die Mutter wolle sich gegen böse Männer verteidigen, die nachts ins Schlafzimmer kommen könnten. Welche aufregende Vorstellung! Die Mutter im Kampf gegen große böse schwarze Männer, die Axt schwingend; das war so anders als die Wirklichkeit.

Unsere Mutter dürfte damals knapp 50 Kilogramm gewogen haben. Wenn sie in den Keller ging, um etwas von den noch verbliebenen kärglichen Vorräten, insbesondere aber in einer alten Basttasche Koks für den Ofen nach oben zu tragen, wandte sie sich vorher jeweils an den zweithöchsten amerikanischen Offizier mit der Bitte, sie in den Keller zu begleiten, damit sie die Kohlen, Gemüsereste oder Kartoffeln ohne Angst hochholen könne. Der Offizier tat ihr den Gefallen, ließ sie aber im Keller aus Vorsicht oder Bedenken vorangehen und lud seine Pistole sicherheitshalber durch. Mutter erzählte später, dass das Ratschen des zurückfahrenden Schlittens der Pistole und das anschließende Einrasten mit den entsprechenden Geräuschen hinter ihrem Rücken ihr selbst Angst eingejagt hätten. Gott sei Dank konnte im Keller keine DP oder sonstige finstere Gestalt ausgemacht werden. Die Bewaffnung mit der Axt durch sie selbst und die Bitte um bewaffnete Unterstützung mit der Pistole des Ami-Offiziers führten dazu, dass ich erstmals darauf aufmerksam wurde, dass auch nach dem Krieg durchaus noch Gefahrensituationen gegeben sein könnten.

Mit dem Ablauf der Jahre normalisierten sich die Verhältnisse, selbst für die Empfindung von uns Buben. Besondere Ereignisse traten nicht mehr auf. Jedenfalls brauchte die Mutter nicht mehr aus Angst einen der amerikanischen

Besatzeroffiziere bitten, sie in den Keller zu begleiten, wenn sie dort etwas holen musste, vielmehr war ja jetzt der Vater da, auch wenn er noch so hinfällig aussah. Die Axt hätte er im Notfall hochheben können. Damit trösteten wir uns, da vom früher wechselseitig erzählten Glorienschein des jeweiligen Vaters nicht viel übrig war.

Die Diskussionen unserer Eltern über den »Kalten Krieg« verstanden wir nicht recht. Merkwürdigerweise schlugen unsere Eltern offenbar immer vor, dass die Front allein nach Osten ausgerichtet werden sollte, da man nach der Niederlage gegen die Engländer und Amerikaner jetzt doch die Russen schlagen und aus Europa hinausdrängen müsste. Wir hatten dabei das ungute Gefühl, dass für unsere Eltern der angebliche »Churchill-Ausspruch«, man habe mit der Niederlage Deutschlands »das falsche Schwein geschlachtet«, tatsächlich als eine solche Umkehr vom Freund-Feind-Verhältnis im Westen und als gemeinsames Losschlagen gegen die Russen im Osten ganz ernst gemeint war. Was für Illusionen!

Nachdem der Krieg nun zu Ende war, hofften und warteten die Familien der Soldaten auf die Rückkehr der in Kriegsgefangenschaft gelangten deutschen Männer. Steffen hatte hinsichtlich seines Vaters erfahren, dass dieser noch in den letzten Kriegstagen in Gefangenschaft der Amerikaner geraten war und sich irgendwo in einem der großen Sammellager der geschlagenen Deutschen befinden musste. Näheres war natürlich nicht herauszubekommen.

Die Rückkehr des Vaters geriet ebenso zur Überraschung der Familie wie auch für ihn selbst. Nachdem sich die erste Aufregung über seine Rückkehr gelegt hatte, begann er zu erzählen, wie er zuletzt in einem Erdloch in einem großen Sammellager auf einer Wiese in der Nähe von Darmstadt gefangen gehalten wurde, wobei sämtliche deutschen Soldaten schweren Hunger litten, da die Versorgung der großen Zahl der zum Kriegsende gefangen Genommenen offensichtlich von den Amerikanern nicht in den Griff zu bekommen war oder sollte. Auch Steffens Vater war erbärmlich abgemagert und entkräftet. Als er einen Versuch, etwas Holz für den Ofen zu hacken, vor Schwäche aufgeben musste, wurde auch dem Kind Steffen allmählich klar, dass der Endsieg der deutschen Truppen wohl doch nicht so nah bevorgestanden hatte, wie er dies in kindlichem Überschwang aufgrund der Nazipropaganda erträumt hatte.

Teil II
Der Student

Kapitel 1

Der Zoo und die Menagerie

Professor Frenzen war einer jener Professoren, wie sie sich eigentlich jeder Student wünscht. Der Meinung war jedenfalls Frank, der als Assistent tätig war und die Neulinge in den Studienbeginn einführte. Die »Mittagsgespräche« zur Vorbereitung der Seminare fanden im ersten Stock des ansonsten ausgebrannten Gebäudes statt, das vergeblich versuchte, seine hässlichen, kahlen und verrußten Mauern zwischen Holunderbüschen und großen Bretterstapeln zu verstecken. In diesem vom Krieg schwer geschädigten Bau, aber mit Notdach im Hinterhaus, das dadurch noch einigermaßen nutzbar war, hatten die Botaniker und Zoologen ihre Vorlesungen. Diesen trostlosesten aller Hörsäle nannte man daher noch immer den »Zoo«.

»Und nun, meine teuren Freunde, erleben Sie das deutsche Wirtschaftswunder, unseren Geist von beiden Seiten.« Wie ein Fremdenführer dirigierte Frank den kleinen Trupp der neuen Kollegen und Anfangssemester über die breite Treppe zum Hauptportal des Universitätsgebäudes hinauf. »Ich bitte Sie abermals, besonders auf die geradezu verschwenderische Innenausstattung unserer teuren Alma mater zu achten.« Seine Armbewegung umfasste die kühle graue Eingangshalle und die nachträglich eingesetzte gläserne Zwischentür zum Rektorat. Frank spielte wieder einmal den Fremdenführer und man musste neidlos anerkennen, dass er die Wirklichkeit ausgesprochen witzig erklärte. »Kunst und Wissenschaft, meine Damen und Herren«, fuhr Frank fort, »begegnen sich hier in einer einzigartigen Weise. Das gilt besonders deutlich für die hier sichtbare eindrucksvolle Skulptur.« Er verwies mit großartiger Geste auf den hellgrauen Steinblock, der in einer Ecke geduckt unter einem runden Beleuchtungskörper stand, wobei in unregelmäßigen Abständen gleichgeformte dunkle und helle Steine in die Figur eingelassen waren. Die Skulptur selbst stellte einen Mann dar, der mit im Schoß gekreuzten Händen wuchtig dasaß, wobei er den Kopf in den Nacken legte, das Gesicht seltsam starr emporgerichtet. Schon spöttelte Frank weiter, dass die einzigartige Plastik den Titel »Der sinnende Philosoph« habe. Sie stamme von einem der namhaftesten Künstler. Die Studenten hätten allerdings die Kühnheit besessen, die Skulptur umzutaufen, und sie heiße jetzt – Frank legte eine dramatische Pause ein und weidete sich an den gespannten Gesichtern der anderen – sie heiße jetzt »Mendès France unter der Höhensonne«. Tosendes Gelächter. Wahrhaftig, der Name saß. Die gedrungene Figur, das gallische Profil und dazu diese unmögliche Körperstellung unter der Lampe. Frank hatte mit seinem Lästerwort das Werk bestens beschrieben. Der gerade amtierende französische Ministerpräsident war ein gelungenes Objekt ihres Spottes.

»Damit Ihnen aber auch Ihre geschätzte Aufmerksamkeit nicht bei dem deutschen Wirtschaftswunder abhanden kommt«, so Frank, »erlaube ich mir Ihnen die Rückseite, jedoch nicht der Medaille, sondern unserer teuren Universität zu zeigen.« Er riss die schmale Tür zum Hof auf und der alte Ziegelbau, die noch immer vorhandenen Trümmerreste und die riesigen Pfützen auf dem ungepflasterten Hof zeigten sich in einem unangenehmen Gegensatz zur Straßenseite.

»Auf nun zum Festsaal der Fakultät!«, rief Frank und stapfte voran. »Seit der Emanzipation der Naturwissenschaften ist dieser Bau ja geradezu richtig für uns.« Er sah selbst in etwas Trübsinnigem stets ein humorvolles Bild. Verwitterte braune Sitzreihen krochen müde die Stufen bis zur noch erhaltenen Rückwand und Decke empor. Farbe hatte der Universitätsraum nicht mehr, dafür wurden aber auch mehrere Fenster erstaunlicherweise unbeschädigt präsentiert. Das Unangenehmste war die Decke, von der Kalk oder Putz in schmutzigen Fladen abblätterte und öfters unsanft auf die Köpfe der Hörer herabrieselte. Ein- oder zweimal war auch schon ein größerer Fetzen, der sich gelöst hatte, mit mattem Platschen heruntergefallen, was zur Folge hatte, dass die verantwortlichen Stellen schleunigst Abhilfe versprachen. Und das zeigte doch viel guten Willen, wenn auch nichts geschah. Aber der Zoo war einer der größten Hörsäle und manche Vorlesungen wuchsen sich zu wahren Massenkundgebungen aus. Im Hörsaal waren bei Professor Frenzen nur wenige Plätze frei, da er auch die langweiligsten und trockensten Themen noch einigermaßen interessant zu gestalten wusste. Außerdem hatte er die schätzenswerte Eigenschaft, seine Vorlesung nicht nur mit äußerster Pünktlichkeit zu beginnen, sondern auch zu beenden. Vom Fenster links konnte man den rückwärtigen Eingang zum Hauptgebäude gut im Auge behalten und nach genau fünfzehn Minuten zur vollen Stunde erschien die bekannte Gestalt des Professors und strebte eilig auf das Justizgebäude zu. Man hätte die Uhr danach stellen können.

Gedämpftes Klopfen von allen Tischen erscholl, als Frenzen am Pult erschien. Seine Bewegungen, mit denen er die Tasche links hinlegte, sein Vortragsmanuskript hervorzog, die Taschenuhr aus der Westentasche holte und sie vor sich auf den Tisch legte, waren von einer solchen mechanischen und eigenartigen Genauigkeit geprägt, dass er selbst stets wie in Trance wirkte. Dann kam er zwei Schritte um das Pult herum und klappte in einer plötzlichen Verbeugung zusammen, wie die Klinge eines Taschenmessers. Dieses kleine Schauspiel wiederholte sich in jeder seiner Vorlesungen und brachte ihm den Spitznamen »Klappmesser« ein.

Er war ein schmaler, mittelgroßer Mann mit einem Gesicht, das ihm daneben noch den Spitznamen »Bibo« eingebracht hatte. Tatsächlich war der Name treffend, da die kleinen runden Backen in seinem Gesicht seltsam abstachen von dem sonst schmalen Kopf und die oberen Schneidezähne zudem leicht nach vorne standen. Er sprach stets sehr rasch und war dafür bekannt, dass er sich selbst von den trockensten Themen begeistern ließ.

Auch um die Thematik des Stoffes zu verdeutlichen, warf er oft ein paar Fragen in seine Zuhörerschaft, die Antwort folgte dann so reich ausgeformt aus seinem eigenen Munde, dass die Lieblingsschüler, die stets in den ersten beiden Reihen zu finden waren und ihren Meister mit Verzückung anstarrten, nur den gewünschten Satz zu ergänzen brauchten. Als Lohn war ein ekstatisch geflüstertes »sehr schön« oder »ganz ausgezeichnet« zu hören. Trotz alledem war er weit davon entfernt, lächerlich zu wirken. Ganz im Gegenteil besaß er doch die Sympathien seiner Zuhörer, so wie ein von der Richtigkeit seiner Lehre unerschütterlich überzeugter Prophet das Staunen der Gläubigen besitzt.

Frenzens Vorträge waren stets von einer geradezu gespenstischen Exaktheit und genau mit dem Schrillen der Glocke war auch der Abschnitt vorgetragen, den er sich an diesem Tage vorzutragen vorgenommen hatte. Sein Manuskript wurde geschlossen, die Uhr wanderte zurück in die Westentasche, die Verbeugung klappte ihn zusammen, und wie zu Beginn der Stunde verschwand der tüchtige

Mann mit der Präzision eines Uhrwerks. Zurück blieben seine Hörer mit erheblichen Stapeln Papier, die während der Stunde mitgeschrieben worden waren. Dies, weil ja hier eben alles wichtig war, was von Frenzen gesagt wurde. Deshalb gab es auch nichts Unwesentliches.

Jetzt aber nichts wie raus aus dieser Bruchbude, war die Devise. Die Hörer formten sich zu einer menschlichen Lawine, die sich schwerfällig durch den Ausgang wälzte.

Betrachtete man die Professoren für die einzelnen Fächer insgesamt, so kam schon eine rechte Menagerie zusammen, die einer gewissen Komik nicht entbehrte. Hatte Frenzen versucht, das Verwaltungsrecht mit einem Schimmer von Spannung zu umgeben, so war das Kolleg bei Professor Heinrichs völlig anders. Heinrichs war bereits 80 Jahre alt, lehrte aber immer noch das weite Gebiet des Zivilrechtes, insbesondere des Erbrechtes, und erwartete, dass alle Studenten mit gleicher Begeisterung die trockene Materie hinunterwürgten. Wegen seines Alters und der dazu passenden Erscheinungsform – seine Brille und seine Krawatte mussten aus dem vorherigen Jahrhundert stammen – wurde er allgemein nur »Opa« genannt. Es war aber bekannt, dass er insbesondere als Teilnehmer der Prüfungskommission zum ersten Staatsexamen stets Milde walten ließ und selbst die merkwürdigsten Antworten zu Problemen des Zivilrechtes durchgehen ließ, worauf er nicht selten vom Vorsitzenden der Prüfungskommission, dem Scharfmacher Senatspräsident Klasen, gerügt wurde.

Klasen hatte es insbesondere darauf abgesehen, Studenten zu piesacken, die ein oder mehrere Semester in Heidelberg studiert hatten, bevor sie nach Frankfurt kamen. Wenn Klasen zu seiner Befriedigung wieder einen Studierenden herausgepickt hatte, der zugab, eventuell ein Jahr lang in Heidelberg immatrikuliert gewesen zu sein, so lautete Klasens Stellungnahme etwa wie folgt: »Na, in Heidelberg haben Sie also wahrscheinlich die abstrusen Theorien von Professor Welzel und seine seltsame finale Handlungslehre gehört. Sie haben dabei hoffentlich gleich begriffen, dass dieser theoretische Unsinn, den mein verehrter Kollege in Heidelberg vertritt, bei mir dahin kommt, wo er hingehört, nämlich in den Mülleimer der Rechtsgeschichte. Sollten Sie den abstrusen Begriff der finalen Handlungslehre bei mir verwenden, melden Sie sich gleich zur Wiederholung Ihrer Prüfung an.« Wegen solcher Ausführungen war er gefürchtet, selbst wenn nur ein geringer Prozentsatz der Hörer heidelbergisch / frankfurterisch gemischt und damit zwangsläufig geistig unheilbar verseucht war. Auch außerhalb des fachakademischen Betriebs war er wenig zugänglich und daher als Mitglied der Prüfungskommission gefürchtet, wenn man ihn denn zum eigenen Pech als Prüfer bekam.

In ihrem ersten Semester hatten sich Steffen und seine Freunde stets nach einem Stundenplan gerichtet, der genauestens dem Vorlesungsschlüssel entsprach, der im »Studienführer« für sie empfohlen worden und am schwarzen Brett auch gesondert angeschlagen war. Jetzt hing der Stundenplan allerdings nicht nur vom Studienführer und den zuständigen Fachprofessoren ab, sondern von anderen Faktoren, wie Wetter, Lust und Laune, die sich oft als höchst unberechenbar erwiesen. Einigen wenigen Vorlesungen, von denen sie alle wussten, dass sie nicht nur wichtig, sondern unerlässlich notwendig waren, kamen sie nach und hörten sie mit peinlicher Genauigkeit. Sie hatten sich bald an das ungeschriebene Gesetz der Studienanfangsjahre gewöhnt, das da lautete: »In den Vorlesungen lernst du nichts, besser sind ein gutes Lehrbuch und ein Kommentar, insbesondere sind diese nicht von den subjektiven Überzeugungen des Dozenten überfärbt.« Am besten aber man wandte sich gleich an einen guten Repetitor, der das notwendige Wissen nach dem alten Paukersystem der Schule herüberbrachte. Vorsorglich musste man noch an einigen freiwilligen Seminaren teilnehmen, insbesondere wenn man später ein Dissertationsthema erhalten wollte. Der Weg zur Doktorarbeit führt eben nach oben, pflegte Steffen zu scherzen, wenn sie den Aufzug zum vierten Stock benutzten, in dem sich das rechtswissenschaftliche Seminar befand.

Das Seminar im vierten Stock war die Zentrale der juristischen Fachschaft und sozusagen das Gehirn des Körpers von genau 847 Studenten, die sich damals mit der trockenen Rechtswissenschaft befassten. Hier herrschte eine gründlich andere Atmosphäre als im Hörsaal. Auf dem Gang, der sich zwischen Seminar und den altphilologischen Räumen hinzog, standen stets mehrere Gruppen zusammen, die irgendeinen »Fall präparierten«. Sogar auf den Treppenstufen saßen sie und der mit Zigarettenstummeln übersäte Boden, das Stimmengewirr und die Fülle der »eiligen« oder »dringenden« Anschläge am Schwarzen Brett ergaben zusammen das Bild einer ungeheuren Geschäftigkeit. Es wurde debattiert, geschimpft, Witze gerissen und gefrühstückt, aber nur hier auf diesen sechs bis zwölf Quadratmetern Treppenhaus.

Trat man erst durch die große graue Tür mit den eindrucksvollen Goldbuchstaben »Juristisches Seminar« ein, war man plötzlich von einer geradezu bedrückenden Stille umgeben. Der Seminarraum selbst war eigentlich nichts anderes als eine große Fachbibliothek. An etwa fünfzehn langen Arbeitstischen, die durch die großen Fenster auf beiden Seiten des Raumes gut beleuchtet waren, saßen

Fachstudenten aller Jahrgänge hinter mehr oder weniger hohen Bücherstapeln. Vorder- und Rückwand des Raumes waren bis unter die Decke mit Bücherregalen besetzt, dazu kamen noch etwa zehn frei stehende Regale, die die einzelnen Tischgruppen voneinander trennten. Ganz im Hintergrund des Raumes aber thronte etwas erhöht an einem kleinen Tisch die Seminaraufsicht, eine rundliche lebhafte Dame von etwa fünfzig Jahren, deren schwarze Hornbrille und der damit verbundene bedrohliche Ernst nicht zu dem freundlichen und munteren Wesen von Frau Altenberger passen wollten. Von den Freunden wurde sie mit einer gewissen Zärtlichkeit in »Hausgeist« umbenannt, ohnehin ging etwas Geheimnisvolles von ihr aus, wenn sie in ihrem weißen Kittel auf geräuschlosen Kreppsohlen durch den Raum schritt. Die weiße Tafel, die hinter ihrem Tisch verkündete, dass Rauchen und Sprechen in den Seminarräumen strengstens untersagt sei und Verstöße gegen die Seminarordnung unnachsichtig geahndet würden, führte tatsächlich zu einer gewissen Disziplinierung. Das Schweigegebot wurde im Wesentlichen ausnahmslos respektiert, denn zur Debatte war ja der bekannte Vorplatz mit seinen Stufen da.

Kapitel 2

Die Clique

Ein Teil der Clique saß bereits an einem der kleinen Tische, als Steffen hereinkam. Die Tische in der Mensa waren für vier Personen gedacht, aber es saßen nie weniger als sechs oder sieben seiner Kollegen beisammen. Sie pflegten sich stets in der rechten hinteren Ecke des Raumes zu treffen und diese Tatsache wurde von den anderen und der Bedienung stillschweigend geduldet. Eines Reservierungsschildes bedurfte es nicht. Jeden Tag zwischen zwölf Uhr dreißig und dreizehn Uhr hielten sie sich gegenseitig die Plätze für das Mittagessen frei, denn um diese Zeit war »Hauptverkehrszeit«. Es gab hundertzwanzig Plätze für die insgesamt rund fünftausend Studenten. Dann musste eben schnell gegessen werden. Steffen winkte den anderen schon vom Eingang her zu und sah Willis dunklen Schopf in der hintersten Ecke lebhaft auf- und niederwippen, bis die ganze Runde vor Lachen brüllte. Natürlich, jetzt erzählt er wieder seinen neuesten Witz, dachte Steffen und grinste spöttisch, als er seinen Mantel und die Zeitschrift, die er meist während der Mittagszeit mit sich herumtrug, auf einen Stuhl warf.

Er setzte sich zu ihnen und griff nach der Tageskarte um festzustellen, was es als Stammessen gab. Willi stieß ihn an und forderte, er möge doch einmal den Fraß für einen Augenblick vergessen und sich den Witz des Tages anhören. Da Steffen nicht lachte, wurde die Frage herangetragen, ob er etwa heute seinen »kulturellen Tag« habe. Sonst würde er ja auch mitmischen, wie sie sich ausdrückten. Steffen fühlte verwundert, wie ihn heute das ganze Gerede, das er jetzt seit zwei Semestern mittags zu hören gewöhnt war, einfach langweilte. Es vermochte ihn nicht mehr zu beschäftigen. Er starrte eine Weile vor sich hin, auf die Speisekarte, wobei er überhaupt nicht begreifen konnte, was darauf stand. Er hob schließlich den Kopf und mit zusammengekniffenen Augen teilte er mit, dass er ab morgen in der Stadt wohne. Steffen wies dabei auch auf die wichtige Tatsache hin, dass er gleich zweimal geprüft habe, ob er auch ein weibliches Wesen mit in die Studentenbude nehmen dürfe. Generell bestanden dabei auf Vermieterseite stets erhebliche Bedenken. Mit der »Testperson Margot« und einem Gespräch mit der Vermieterin hatte Steffen aber geklärt, dass gegen weiblichen Besuch in seiner Bude nichts einzuwenden sei, lediglich bat die Vermieterin darum, dass nicht allzu wüst und laut Feste gefeiert würden. Hier konnte Steffen ihr versichern, dass dies nicht der Fall sein werde, da sie ja alle so viel zu lernen hätten.

Steffen bemerkte die freudige Erregung der anderen nicht, sondern horchte völlig verwundert in sich hinein und bekundete auf Fragen nur, dass er sich sehr freue. Sein Gesicht schien das aber nicht auszudrücken, weil ihm die anderen vorhielten, er freue sich nur deshalb nicht, da er bekanntlich einen Einstand geben müsse. Willi sagte, er brauche bloß nicht zu glauben, dass er um eine feierliche Einweihung der neuen Bude herumkomme. Aber die anderen fielen ihm rasch ins Wort mit der Antwort Willis, na schön, dann eben nur Bier und ohne Weiber, du komischer Heiliger. Piet tat beleidigt und sah sich langsam im Kreis um. Er war das Schwergewicht der Gruppe, wie Willi gerne spöttelte, mit einem massigen Körper und dem plumpen Kopf, dem man ansah, dass er sich gerne und oft außerhalb seines Studiums geprügelt hatte. Er machte auf Menschen, die ihn nicht näher kannten, stets einen schwerfälligen und trägen Eindruck und so vermutete niemand hinter seiner Stirn ein schnelles Denkvermögen und eine geradezu eiserne Energie. Er sah aus wie ein mittelmäßiger Schaubudenboxer, war aber anerkannt der beste Jurist in ihrem Kreise. Willi erklärte, dass der Beschluss, Steffens Einstand gebührend zu begießen, auf wahrhaft demokratische Weise zustande gekommen sei, weil sich kein Widerspruch erhoben hatte. »Mir soll's ja recht sein«, antwortete Steffen und stand auf. »Ich hab heute keinen Hunger«, fügte er hastig hinzu, als er die verständnislosen Gesichter der anderen sah. »Wirklich nicht, ich sehe euch ja noch später.« Eilig lief er hinaus. »Der spinnt wohl, was?«, murmelte Willi mit betont mitleidigem Ton. »Hauptsache, seine Bude ist sturmfrei. Steffen scheint nicht sehr begeistert zu sein von der Aussicht, auch noch drei weibliche Wesen einzuladen.«

Piet schüttelte lächelnd den Kopf zu den Ausführungen und rührte in seiner Suppe. »Ich kenne Steffen besser als ihr alle und ich kann mir nur denken, was los ist. Männer, ich sage euch, die Sache ist ganz einfach – dem hängt die Trennung von Margot noch nach.«

Willi zog die linke Augenbraue hoch in die Stirn und nickte den anderen zu, dass es für ihn keinen Zweifel an dem seltsamen Verhalten Steffens gab. Daraus ergab sich eine hitzige und ebenso alberne Debatte darüber, ob Steffen jemals Krach mit Margot bekommen hätte, und man kam zu dem Ergebnis, dass dies nie und nimmer möglich wäre, weil ja – wenn man es genau betrachtete – es nur einen einzigen Grund gab, weshalb die zwei noch niemals einen Krach gehabt hatten, nämlich mangels störungsanfälliger echter Zuneigung und Margots Unzufriedenheit beim Sex, die sie auch unverblümt äußerte. Sie konnten aber nicht wissen, dass die plötzliche nachdrückliche

Trennung von Steffen und Margot der erste Schritt war, der seine Verhältnisse geradezu revolutionieren sollte. Die Aussicht auf eine ausgedehnte »Party zu zweit«, das hieß bei Willi ganz einfach »wir und das Bier«, bot ihnen jedenfalls wesentlich mehr und unkomplizierteren Gesprächsstoff.

Als zweites weibliches Wesen wurde Elisa in den kleinen Kreis der Clique aufgenommen. Steffens eigentliche Freundesclique an der Universität bestand aus Frank, Willi, Piet und ihm selbst. Margot wurde aufgrund ihrer langen Freundschaft mit Steffen weiter toleriert und Elisa kam neu hinzu. Zu Willi und Frank war seine Beziehung etwas enger, da diese seine Leidenschaft für Reisen verbunden mit Tauchen und Schnorcheln teilten. Zudem kannte er Willi schon fast sein ganzes Leben. Elisa wurde akzeptiert, weil sie durch einen körperlichen Hinweistrick auf sich aufmerksam gemacht hatte. Willi kam eines Tages angerannt und teilte mit, dass er mit Elisa soeben ein erotisches Abenteuer gehabt habe. Er behauptete, die Mitstudentin trage keine Unterwäsche, jedenfalls jetzt an warmen Tagen nicht und er habe in der Vorlesung festgestellt, dass sie ohne Slip dasaß, was er auch noch handgreiflich unter Beweis gestellt bekam. Unter dem Ausruf, dass er dies selbst feststellen wolle, erhob sich Piet in der nächsten Stunde und schob sich auf die Bank im Hörsaal neben Elisa. Vorsichtig versuchte er es mit ein paar Fummelattacken. Als seine Hand wie zufällig auf den Oberschenkel der Frau glitt, öffnete sie ihre Beine einen winzigen Spalt breit, kaum merkbar, aber doch offenkundig willig. Er brauchte nicht lange, um seine Hand zwischen ihren kräftigen Schenkeln und dem dort befindlichen zarten Bewuchs verschwinden zu lassen. Elisa ließ nach außen hin nicht erkennen, was bei ihr vorging. Ihr Gesicht blieb völlig unbewegt, ebenso wie ihr Körper oberhalb des Hörsaalpultes völlig starr gehalten war. Der kühne Erforscher weiblicher Reize kehrte später zu unserer Gruppe zurück und bestätigte die Feststellung seines Freundes, nicht ohne den abschließenden Hinweis, dass hier ein hübscher, williger und vor allen Dingen seltener Typ von Studentin gefunden sei, der es wert sei, gut behandelt und gepflegt zu werden.

Elisa wurde nach dieser Charakterprüfung im Kreis der Freunde ebenfalls akzeptiert, zumal sie zusammen mit Margot ja eine klare Minderheit im »Herrenzirkel« bildete.

Unabhängig von solchen Tändeleien im Universitätsbereich waren die Freunde aber auch an den Entwicklungen der Weltpolitik durchaus interessiert und nahmen daran teil. Dies traf besonders für den Ungarnaufstand 1956 zu, der das Interesse der Clique in höchstem Maße weckte. Dies galt umso mehr, als international gesehen Studenten eine treibende Kraft dieser Ereignisse waren.

Das politische Leben außerhalb der Universität gab Anlass für hitzige Debatten und Aktivitäten, so zum Beispiel die Organisation von Demonstrationen gegen die Sowjetunion, die im Jahr des Ungarnaufstandes 1956 täglich stattfanden. Die Studentenschaft bezog zu diesem Thema zu einem großen Teil leidenschaftlich Stellungnahme.

Der ungarische Volksaufstand war eine bürgerlich-demokratische Revolution. Breite Schichten im ungarischen Volk lehnten sich gegen die Regierung der kommunistischen Partei und die sowjetische Besatzungsmacht auf. Die Revolution begann am 23. Oktober 1956 mit einer friedlichen großen Demonstration der Studenten der Universität Budapest, die Demokratie für das Land verlangten. Die Nachricht darüber verbreitete sich blitzartig in ganz Westeuropa, insbesondere bei den Ländern, die unter der sowjetischen Besatzungsmacht litten. An der Spitze des Protestes, wie meist, Studenten. Am Abend des 23. Oktober 1956 ließ die Regierung in die große zusammengelaufene Menge schießen. Diese Verhaltensweise löste daraufhin den offenen Kampf aus. Studenten und Bürger bewaffneten sich und stellten sich der sowjetischen Besatzungsmacht und der ungarischen Regierungsmacht entgegen. Als der Aufstand immer größer wurde, wurde die kommunistische Einparteiendiktatur durch eine Mehrparteienregierung unter der Leitung von Imre Nagy abgelöst, wobei die neue Regierung aus der Warschauer Vertragsorganisation, dem Gegenstück zur Nato, austrat, ihre Neutralität erklärte und die Sowjetarmee zum Verlassen des Landes aufforderte. Dies war der Anlass, den Freiheitskampf blutig zu unterdrücken. Der Aufstand endete mit dem Einmarsch der Sowjetarmee, wobei auch die DDR sich aktiv beteiligte. Der Aufstand brach nach einer Woche zusammen, die führenden Köpfe der Ungarn wurden in Moskau hingerichtet.

Der Studentenprotest ging im Wesentlichen politisch aus parteiinternen Diskussionskreisen hervor, insbesondere im benachbarten Polen fand gegen den Willen der sowjetischen Führung in Posen im Juni 1956 ein ähnlicher Aufstand statt, wobei vor allem die Arbeiter mit ihrer Forderung nach den bürgerlichen Freiheitsrechten und dem Parlamentarismus der demokratischen Länder verlangten.

Vorangegangen war die Veränderung in der Sowjetunion, da der neue sowjetische Generalsekretär Chruschtschow in einer Rede den Personenkult um Stalin und seine Verbrechen überraschend kritisierte. Die Regierung in der Sowjetunion unter Chruschtschow ließ zahlreiche Straflager öffnen und Inhaftierte entlassen. Die Vorgänge wurden später die »Entstalinisierung« genannt. Verschärft wurde die internationale Politik allerdings durch die sogenannte »Suezkrise«. Großbritannien und Frankreich planten zusammen mit Israel eine Besetzung des Suezkanals und unterzeichneten ein geheimes Abkommen, das man sogar vor den USA verborgen hielt. Nach den Rechten der ägyptischen Regierung und des ägyptischen Volkes fragte niemand. Am 29. Oktober 1956 ließ Israel seine Truppen ins Land einmarschieren, am 31. Oktober begannen Großbritannien und Frankreich mit der Bombardierung ägyptischer Flughäfen. Welche handfesten wirtschaftlichen Interessen hinter diesen völkerrechtswidrigen Maßnahmen der beiden Länder standen, ist heute fast vergessen. Die UNO verlangte von Israel nur die Einstellung der Kampfhandlungen zu Lande und den Rückzug hinter die Waffenstillstandslinie aus den früheren Streitigkeiten. Das Verhalten von Frankreich und England zusammen mit Israel gab der Sowjetunion die hochwillkommene Gelegenheit, mit der Anwendung von Gewalt zu drohen, was auch pünktlich einen Tag nach dem Einmarsch der Russen in Ungarn geschah.

Chruschtschow ging sogar so weit, mit einer Zerstörung der westlichen Hauptstädte durch Atombomben zu drohen. Nachdem sich herausstellte, dass Amerika das Vorgehen seiner eigenen Verbündeten aus dem Zweiten Weltkrieg nicht billigte und die Drohung aus Russland kam, stellten Großbritannien, Frankreich und Israel ihre Kampfhandlungen ein und räumten am 22. Dezember 1956 wieder die Kanalzone. Da Großbritannien und Frankreich versuchten, Ägypten durch militärische Aggression und Gewalt zur Freigabe des Suezkanals zu zwingen, während zur selben Zeit die russische Armee den ungarischen Volksaufstand blutig niederschlug, richtete sich die weltweite Empörung und Kritik erstmals gegen beide Seiten. Man stellte die Aggressionen auf die gleiche Stufe. Der ungarische Aufstand kostete sein Volk rund 2500 Tote, die sowjetischen Truppen verloren rund 700 Mann. Es setzte eine Massenflucht ein, die über Österreich in den Westen führte. Da Österreich nicht alle Flüchtlinge aufnehmen konnte, wurden viele auf westliche Staaten verteilt. Die Studenten auf den deutschen Universitäten entwickelten ein feines Gefühl dafür, wo der Unterschied zwischen einer staatlich-militärischen Aggression zur Niederschlagung unliebsamer Verhältnisse in einem Land und dem Freiheitskampf eines Volkes lag. In der Aula der Universität Frankfurt wurde zu einer Demonstration gegen die russische Unterdrückung des ungarischen Volksaufstandes aufgerufen. Die ursprüngliche Begeisterung der akademischen Jugend führte zu einem Protestmarsch gegen die Sowjetunion von der Universität im Westend bis zur Hauptwache, wobei wie von Zauberhand plötzlich Transparente und Fahnen auftauchten. Die Begeisterung für die Ungarn erhielt aber einen empfindlichen herben Dämpfer, als das französische / englische / israelische Vorgehen bekannt wurde. Damit war die moralische Grundlage für die Begeisterung und Unterstützung sowie Proteste gegen die Russen schwer erschüttert und die Demonstrationszüge der Frankfurter Studenten gingen alsbald stark zurück.

Neben ihren Studien hatten die Freunde zu den mehr oder weniger bedeutenden Entwicklungen in der Politik auch ihre eigene Meinung. Mit einiger Aufmerksamkeit wurden die Beziehungen zwischen Ost und West beziehungsweise die Nicht-Beziehungen durchgesprochen. Ihre Sympathien galten selbstverständlich den unterdrückten Ostblockstaaten. Einigkeit bestand darüber, dass die Russen ihre im Zweiten Weltkrieg erworbenen Faustpfänder ohne kriegerische Auseinandersetzung nicht freiwillig herausgeben oder freilassen würden. Im September / Oktober 1956 summte und brummte es dann im ganzen Universitätsgelände und überall bildeten sich Studentenkreise, die die neueste Entwicklung diskutierten oder in der vom Allgemeinen Studierendenausschuss herausgegebenen Zeitschrift kommentierten. Da der Asta nach seiner Besetzung durch die entsprechenden Fakultäten nur als stramm-links ausgerichtet angesehen werden konnte, billigten die Studierenden ihm keinerlei Hochachtung zu und keine Befugnis für die Studentenschaft im Allgemeinen zu sprechen.

Für Gesprächsstoff und bedeutende Probleme der Weltgeschichte hatten sie ausreichend Stoff, wenn sie abends in der Kneipe oder auf Steffens neu bezogenen Zimmer diskutieren wollten. Selbst das Interesse an den Studentinnen nahm in dieser Zeit rapide ab, was Steffen zu der Bemerkung veranlasste, man könne daran sehen, wo ihre Interessen lägen, nämlich bei Mord und Totschlag in der Revolution und dem politischen Weltgeschehen. So konnte man mit Fug und Recht behaupten, dass das Verhalten der Weltmächte tatsächlich bedeutsam war und sogar Einfluss auf das Liebesleben der Clique an der Universität hatte.

Kapitel 3

Anne

Ich schwieg. Nun hatte ich es doch erzählt – dir, dem Freund, der mit mir den Beginn aller Dinge geteilt hat, die damals auch dein Leben beschäftigen würden. Weil ich zu dem Zeitpunkt noch nicht verstanden hatte, dass uns die Dinge, die uns letztlich ungewollt begegnet waren, vielleicht lebenslang beschäftigen würden, insbesondere, da auch mein Leben durch sie verändert worden ist.

Die Dunkelheit war durch die Fülle der Lichter über unseren Köpfen zerschlissen und aus dünnen Stellen schimmerte die Nacht, während sich ein bräunlicher Dunst über dem Wasser ausbreitete. Der Fluss schwappte ölig an den geteerten Flanken des größeren Kais und den splissigen Bootsstegen, er schwankte wie in sanfter Trunkenheit und ließ die Reflexe der Neonbeleuchtung vom DGB-Haus her tanzen. Hinter der ersten Biegung zog sich die gemauerte Flussbefestigung endlos dahin und die abgeblätterten Stämme der Platanen auf ihrer Krone glänzten weißlich herab. Das Geräusch der Straßenbahnen über der Friedensbrücke floss mit dem Schlürfen und Schmatzen des Flusses zu ihren Füßen in vertraute Geräusche zusammen. Noch war der Abend mild.

Frank hatte mir schweigend zugehört – diese Fähigkeit war seine hervorstechendste Eigenschaft. Auch sie war letztlich Vertrautheit und damit die Fähigkeit, miteinander befreundet und befestigt zu sein. Auch jetzt war er vorsichtig genug, meinen unerfüllten Rechtfertigungsversuchen keine Einwände entgegenzusetzen, sodass ich mich durch den Freund glänzend bestätigt fand. Der dachte allerdings flüchtig daran, dass die ganze Angelegenheit mit Anne den Freund gewissermaßen älter gemacht habe, sodass sie ihm noch mehr von jener, wenn auch unbewussten innerlichen Sicherheit gegeben hatte und von der Fähigkeit, die Wirkung, die von ihm auf Frauen ausging, fortzuentwickeln.

Der Tag, an dem alles begann, war gekennzeichnet von jener inneren Müdigkeit, die beide Freunde ergriff, wenn sich der Rhythmus des eintönigen Studienbetriebs bereits kurz nach Beginn des Semesters aufs Neue fühlbar eingestellt hatte. Sozusagen ein lethargischer Kreislauf, der schwer zu durchbrechen war.

Ich fühlte, wie uns diese Stimmung einfing, wie sie sich schmerzhaft verdichtete und den alltäglichen Rhythmus emporwarf. Man konnte sich also heute Abend wieder nur im Club treffen, ins Kino gehen, bei Margot schlafen, sich an der Bar betrinken oder mit Freunden quatschen. Der Möglichkeiten waren immerhin noch einige. Die studentische Arbeitsvermittlung hatte im Übrigen an diesem Tage nur wenige Jobs zu vergeben, die unser gemäßigtes Interesse gefunden hätten. Außerdem hatten wir beide bei der Auslesung der Jobs eine so hohe Nummer gezogen, dass die Wünsche wie Dolmetschen, Babysitting und Nachhilfeunterricht bereits aussichtslos besetzt waren. Wir hörten den Ausrufer nur mehr zufällig, als er »Teppichklopfen in einer Villa mit sieben Zimmern in Eschersheim«, »Kulissenschieben bei der Aida-Aufführung im Großen Haus« und »leichte Bürotätigkeiten« ausrief. Er bot die Jobs mit stets gelangweilter Geschäftigkeit an. Wir wunderten uns auch nicht, dass gegen 17 Uhr keine vernünftigen Angebote mehr vorlagen und der Haufen der Kollegen sich in den Gängen des Studentenhauses rasch verlief. Der Gedanke an eine Partie Schach kam flüchtig auf, wurde aber schließlich doch verworfen. Ich spürte, wie die übliche Langeweile in mir emporstieg.

In gerade diesem letzten Augenblick steckte der ehrenamtliche Arbeitsvermittler – »Ich kann doch keinen begünstigen, liebe Kollegen« – den langen Hals mit dem betriebsamen sperberartigen Kopf noch einmal durch die Tür. Zu diesem Kerl würde der Vermerk »e. V.« passen, seine Miene drückte immer wieder diese Art ehrenamtlichen Berufsstolz aus, insbesondere weil er durch seine Jobverteilungsstelle Einfluss hatte. Wir standen bei der Ausrufung automatisch auf, nahmen mit leichter Verwunderung die Nachricht entgegen, dass zwei »junge, möglichst gut aussehende« – man höre – »Herren im Abendanzug« gegen 20 Uhr zur Gesellschaft in der Villa Westrum erwartet würden. Das Honorar – »Lohn oder Entgelt« – hätte in diesem Falle eine Profanierung bedeutet und würde etwa fünf Mark pro Stunde betragen. Die Herren konnten tanzen? Die Herren konnten. Die Herren nahmen dankend an. Sie waren ja auch möglichst gut aussehend.

Aushilfe auf Partys, zu denen die zu viel eingeladenen Damen unglücklicherweise alle zugesagt hatten, Trauzeugen oder sogar bezahlte Trauergäste bei der Beerdigung »unseres geschätzten Vorstandsmitgliedes« – uns war schon nichts mehr fremd.

»Du hast die gleiche Größe wie ich, der dunkelblaue Anzug wird passen, ich nehme dann den schwarzen.« Eben große Freundschaftsdienste. Man teilte sich den Rasierer, Old Spice, Nagelreiniger und die Büchse Ölsardinen. Wir würden ja doch immerhin dreißig Mark verdienen können. »Für mich die gestreifte Krawatte, nein die andere.« Mit einigem Erstaunen vernahmen wir, wo an diesem Abend der »Arbeitsplatz« sein sollte, nämlich in der Villa Westrum. »Wir sollen wahrscheinlich die Hoffnung Deutschlands mimen«, stichelte Frank. Es war überhaupt erstaunlich, dass sich jetzt die Lebenskreise zweier durchschnittlich begabter Studenten mit auch durchschnittlich bürgerlicher Herkunft mit denen der Gesellschaft im Frankfurter Prominentenviertel Westend berührten.

Der Weg zur Villa Westrum war nicht weit und wir trafen pünktlich ein. Durch die kunstgeschmiedeten Gitter des Gartens fielen Flieder- und Oleanderbüsche auf, nicht jedermanns Geschmack, wie mir durch den Kopf schoss, und der erste Eindruck der Eingangstür mit dem kunstgeschmiedeten »Doktor jur K. Westrum, Syndikus«, war verbunden mit der edlen gewollten Schlichtheit, aber über die Zeitläufte hinaus nicht mehr aktuell. Unter den gegebenen Umständen wurde von uns die Klingel »betätigt«. Man schellt nicht einfach wie bei einem simplen Arzt. Das Haus selbst schaute nicht unfreundlich auf uns beide herab.

Ich werde den ersten Anblick nicht mehr vergessen – und auch nie mehr den Klang ihrer Stimme: »Sie sind die beiden Herren der Universität, nicht wahr? Ich freue mich – bitte sehr« – diskrete Höflichkeit der Dame des Hauses. Jemand flitzte im Hintergrund vorbei, wohl ein Hausmädchen. Alles war abgestimmt. Ein verwirrender Eindruck aus der Perspektive des Handkusses – man war ja aus gutem Hause – färbte die Stimmung im Raum. Sie stand, zart eingeschnitten gegen die Straßenbeleuchtung, in sanfter Helligkeit der Diele. Das Gegenlicht und das Licht der Kerzen auf verschiedenen Ständern – natürlich mussten es echte Kerzen sein, ganze Leuchter voll. Es konnte doch wohl kein Samt sein, wie bei einem Mädchen vom Lande, das ins Theater gehen wollte, schwarzer Samt, oder kannte ich den Stoff nicht? Die Perlen waren natürlich echt. Ihre Stimme verströmte sich über unserer beider Köpfe, wobei ich einen Takt zu lange mit dem Kopf über ihre Hand gebeugt blieb. Mein Blick ruckte hoch – wieder einmal grüne Augen und – wie selten – schwarze Haare, sicherlich waren diese aber nur raffiniert gefärbt. Ein wenig zu stark geschminkter Mund – verdammte Westendprominenz.

»Kommen Sie doch herein.« Kein aus dem Kino abgegucktes »Treten Sie näher«, kein lächerliches Theaterklischee wurde aus den unbewussten Erwartungen hochgespült. Sie schien sich wahrhaftig über unser Kommen zu freuen. Sie musste doch wissen, dass wir nur wegen des Honorars von fünf Mark pro Stunde hier waren. Schließlich hatte sie die Dinge in der Hand.

Was waren das überhaupt für Leute? Was wollten die alle hier? Der Freund hatte mich mit einem Tritt kurz vor der Garderobe gerettet – das Schwein hatte es natürlich gemerkt –, ich musste sie angestarrt haben wie ein Idiot.

Sie ging wieder und wandte sich jetzt den anderen Gästen zu. Die Tür öffnete sich wiederholt und der Ritus fing immer von Neuem an. Oh, guten Abend Herr Direktor, Herr Professsor, gnädige Frau, gnädiges Fräulein, sehr erfreut, Dr. Kersten und Frau, zwei junge Freunde des Hauses, ach wie nett! – Mensch, das sollten wir sein. Junge Juristen sind sie, vielleicht unsere kommende Elite, ha ha ha, ein wohlwollend fettes Gelächter. In der rechten Hand hielt Frank ein Glas Sekt, links einen Teller mit einem halben Hühnerbein – »Was soll ich denn mit dem Teller, du blöder Mensch!« Sie hatte ihn dazu »veranlasst, nicht bestimmt oder befohlen«. Man konnte sich doch unmöglich verbeugen mit Sektglas und Geflügelkeule in den Händen und auch noch Händeschütteln – »verfluchte Bande!« – und dann war da Musik.

Er nahm die Umgebung wahr mit wachen Augen. Die oberen Fünfhundert hatten anscheinend ihre Spitze entsandt, vielleicht bezahlten sie ja die Stipendien! Der Blick glitt über Smokings und kleine Abendroben auf seine schlecht geputzten Schuhe und wurde sofort hochmütig. Er hatte den anwesenden Herren ja immer noch einiges voraus, im Durchschnitt etwa dreißig Jahre und seinen leichtathletisch straff geschulten Körper. Vielleicht zählte das aber hier gar nicht so wie bei den Studentinnen im dritten Stock des Wohnheims, überlegte er.

Frank schwamm bereits quer durch den Raum, bescheiden, verbindlich, mit berechnender Aufmerksamkeit. Man konnte ja nie wissen. Schließlich wollte er nach dem Studium einmal »in die Industrie«.

Sie ging, sie sprach – sie ging und sprach hinter seinen Schläfenbögen. Sie ging und glitt unter seine Achselhöhlen. Sie sprach in der Weise kurz in seinen Nacken, sodass sich knisternd die Härchen auf seinen Unterarmen sträubten. Mit zwanzig Jahren drohte der Beginn einer neuen Erfahrung.

Sie war ja doch mindestens vierunddreißig. Sie war einfach verdammt wundervoll. Dr. Hess hatte einen kleinen Pflichttanz mit der Gastgeberin absolviert.

Die Freunde selbst hatten beide ihre ersten zehn Mark verdient, weil es wahrhaftig schon zehn Uhr geworden war. Man musste sich auch endlich seinem Anzug und dem Arbeitsprofil entsprechend entschließen – also baten sie zum Tanz.

Nicht alle unter den Gästen waren Ehepaare, aber alle waren sie verheiratet. Man hatte sich recht gut gemischt hier. Wo war eigentlich der große Syndikus? Der charmante Gastgeber?

Da stand sie wieder neben ihm.

»Ihr Gatte …?« – »Oh, er ist auf einer Tagung in Mün-

chen. Er flog vorgestern Mittag. Gutehoffnungshütte oder so und dazu noch Oktoberfest, verstehen Sie?«
Wie würde ihr Name wohl sein, etwas später wurde sie von ihren Freunden gerufen. Der Vorname passte zu ihr. Anne klang schmal und dunkel, wie sie auch schlank und dunkel war. Man nahm sich gedankenlos vom Tablett auf der Anrichte aus Mahagoni – massiv natürlich, nicht nur Furnier – eines der belegten halben Brötchen mit sicherlich echtem Kaviar. Flüchtig blitzt der Gedanke auf, dass schon zwanzig Mark verdient waren. Ich darf nicht nur so rumstehen!, ging es Steffen durch den Kopf. »Gestatten Sie, gnädige Frau?« »Die Holbein-Ausstellung im Städel? Ganz hervorragend, ich muss Ihnen beipflichten.« Dann bist du zurück – endlich – und die blöde Musik hat nicht mehr aufgehört zu spielen. »Ich danke Ihnen für diesen Tanz, darf ich Sie zu Ihrem Gatten zurückbringen?« »Charmanter junger Mann, nicht wahr, Eugen?«
Eugen wurde richtig verlegen, als Frank ihm sagte, dass er Honorarprofessor an der Fakultät sei und gelegentlich Vorlesungen hielt.

Sie lächelte leicht und sie lächelte mit zurückgebogenem Kopf. Um ihren Hals waren drei zarteste Ringe, wie mit einer Nadel eingeritzt – hier wurde der weibliche »Alters-Stellenwert« abgelesen – pro Jahrzehnt eine zarte Ringfalte. Solche Lächerlichkeiten schossen ihm durch den Kopf. »Sie und Ihr Freund sind also auch Juristen?« »Jawohl, gnädige Frau, besser gesagt, wollen wir erst welche werden.« *Du fühlst dich auch verdammt weich an. Und du weißt es auch ganz genau.*

Der Gatte ist in München und deine Hand liegt beim ersten Tanz zart an meinem Nackenansatz. Vorstands- oder Aufsichtsratsitzung für ein Stahlwerk oder Ähnliches.

Hauptsache, er ist weg in München. Neben den Perlenketten hatte sie leichte Schatten, die bei jedem Atemzug wieder zu Licht wurden. Ich darf auf keinen Fall mit der führenden Hand zittern, verfluchtes Aas. Ich fange schon an im Kreis zu denken. Das vierte Glas Sekt.

Er fühlte, wie die Hitze in seinen Schenkeln emporstieg, und bemühte sich, den Abstand beim Tanz so einzuhalten, dass sie seine Erektion nicht bemerken konnte. Die verschiedenen Getränke und Häppchen in Briefmarkengröße und das Honorar für ihn und Frank würden mit dem gesamten Büffet der Party ohnehin von der Steuer abgesetzt werden. Es konnte ihm schließlich scheißegal sein und der Freund, den er am kalten Büfett wiedergefunden hatte, dachte genauso.

Frank war schwerelos und heiter. Am Ende erklärte er, dass er es »prima« gefunden hätte. »Die Gnädigste ist ja wirklich menschlich und gar nicht von oben herunter. Sie heißt Anne, hast du es gehört? Der Alte ist auf einer Tagung, hier heißt es nicht bloß ›Geschäftsreise‹ in München. Im Übrigen gilt es, ein freundliches Gesicht zu machen – vielleicht legt sie sogar zehn Mark an Trinkgeld dazu. Übrigens, hast du die Tochter des Bankiers mit dem jüdischen Namen gesehen? Die kleine Brünette, du musst sie doch gesehen haben. Mann, ist die scharf, da lässt sich vielleicht was machen.«

Was redete der bloß für Zeug? Außerdem hörte ich sowieso nicht hin. Die Tochter des Bankiers, die wir ohnehin wohl beschäftigen sollten, natürlich nur »gesprächsmäßig«, ließ sich nicht mehr blicken. Sie hatte auch sicherlich besseres zu tun als Small-talk, möglicherweise befasste sie sich oben in ihrem Zimmer mit ihrem Freund. Die Party wäre dann nur Begleitmusik.

»Jedenfalls ließe sich bei der was machen. Steffen, vielleicht ist sie auf der Terrasse mit einem dieser Affen. Eben ist sie übrigens auf der Toilette, falls du interessiert bist. Ich habe sie reingehen sehen, sie kam noch nicht wieder heraus. Vielleicht läufst du sogar noch dahin hinterher. Es gilt aber auszuhalten. Jede Verlängerung des Abends bringt uns ein paar Mark.«

Ich flehte die Zeit an, sie solle vertropfen wie das Wachs von diesen Kerzen, nicht überströmen solle sie, mich verdrängen aus ihrer Nähe. Der Abend war schon »fortgeschritten«. Die Spalte im Feuilleton von einem Pressemenschen sicherlich vorbereitet.

Jetzt gingen die Ersten, Gott sei Dank! Warum bat sie mich nicht, noch zu bleiben, wir mussten doch noch über so vieles zusammen schweigen. Warum lief sie nicht hinaus auf die Terrasse, dass ich ihr nachgehen konnte? Wir hatten einen so wunderbaren Abend und in ihrem Garten könnte eine Zeitlosigkeit beginnen.

»Ja ja, Freund, ich sehe den weißen Umschlag auch schon. Wir werden verschwinden.«

Höflichkeit war eine der hervorstechendsten Eigenschaften junger Studenten, aber bei unserer Verabschiedung würde ich zu ihr sprechen, mit ihrer Hand und meinen Augen, und sie würde mich verstehen.

Ich weiß es noch ganz genau, ich, Frank, der angeblich nie mitkriegt, was abgeht.

Auf der Party waren auch Gäste ohne die dazugehörigen Ehegatten erschienen – dieser gesamte Verschnitt der bundesdeutschen Gesellschaft. Anne war großartig, eine Brünette, deren Anblick immer wieder in den Magen trifft und zwar urplötzlich, indem das Blut auch in die Schenkel fließt. Ich wusste schon nach wenigen Augenblicken, dass du völlig vernarrt in sie warst. Aber ich hatte auch das gesehen, was du nicht mehr gesehen und auch nicht gemerkt hast, mein Freund! Dass sie nämlich scharf war – jetzt gerade auf einen jungen schmalen Blonden, der hier über die Universität für fünf Mark die Stunde herumscharwenzeln musste und von dem sie eigentlich nur wusste, dass er mit Sicherheit einen jungen Schwanz hatte. Ja, vielleicht bin ich ein Schwein, wie du gesagt hast, aber so war es und so war sie. Sie kam auf uns zu, eine fast unmerkliche Aufforderung in den Hüften. »Hier ist Ihr Honorar, meine Herren, und ich danke Ihnen nochmals für Ihre Freundlichkeit und hoffe, dass es Ihnen ein wenig gefallen hat.« Sehr diskret das Ganze, wirklich. Sie hielt die beiden weißen Briefumschläge in der Hand, ich selbst habe bloß an den Schein darin gedacht und war überrascht, als ich dein Gesicht unten an der Treppe sah – ha, das war aber auch geschickt eingefädelt, Herrgott noch einmal.

Er wusste nichts, er glaubte es nur zu wissen. Aber ihre Fingerspitzen berührten seinen Arm und liebkosten sein Handgelenk. »Hier ist Ihr Honorar, meine Herren«, wiederholte sie und teilte die Umschläge entsprechend zu. Er spürte den kantigen Umriss des BKS-Schlüssels und eine jähe Freude durchfuhr ihn. Er hatte sofort gewusst, dass dieser Briefumschlag nur für ihn gedacht war.

Und mir hast du dann erst auf der Straße gesagt, dass im Umschlag offensichtlich ein Schlüssel zu ihrer Wohnung war und du den bewussten Zettel auch noch hattest: »Bitte kommen Sie erst, wenn auch die letzten Gäste gegangen sind. Das Licht auf der Treppe wird ausgehen.« Sie hatte dich mit leichter Sicherheit in deiner ganzen Verwirrung erkannt, das war sicherlich nicht ohne Reiz für sie. Wir haben gemeinsam in der Kneipe am Operneck schräg gegenüber an der Bar gestanden und du wolltest kein Bier, weil man es sonst sicher riechen würde, und das könnte sie stören. Dein Blick saugte sich an den Glasbausteinen neben der Diele fest, fraß sich in die braun-goldenen Reflexe auf der Terrasse und hungerte nach der Abfahrt der letzten beiden Mercedes, die noch in der Abfahrt des Hauses standen und geduckt hinter ihren Stoßstangen verharrten.

Ich, Frank, dieser strohtrockene Mensch, wies dich vorsichtig darauf hin, dass man ein modernes Date, also ein Rendezvous – auch anders hätte einfädeln können. Der Übergabe eines Sicherheitsschlüssels hätte es ja nicht bedurft, das Lichtsignal hätte genügt.

Mit angeborener Bauernschläue legte ich dir nahe, dass der Schlüssel ein Test sein sollte. Sie wollte sehen, ob du ihn in den Briefkasten werfen und ihr damit einen unwiederbringlichen Wink geben würdest – »so nicht« – oder ob du den Schlüssel benutzen würdest und damit verstanden wärest. Und ich habe dir auch noch gesagt, dass du der Schlüsselarie nicht so viel beimessen sollst, dass ich am Montag im Seminar auf dich warten werde und dass du anrufen sollst und dass du die Klausur am Mittwoch nicht vergessen sollst und was alles wichtig war in unserem normalen Leben. Du hast mich da schon nicht mehr gekannt! Deine Seele war schon aus dir heraus in die Oleanderbüsche vor ihrem Haus gekrochen und verharrte in regloser Spannung, ihr weißer Ausschnitt hatte mir so meinen besten Freund schon genommen. Als es in der Diele dunkel wurde, schwammen die Schatten durch die Pendeltür der Bar hinüber zu ihr, und ich zahlte und ging.

Der Schlüssel brannte in meiner Hand, er erwachte zu blutwarmem Leben. Dein Haus sog mich ein in einen wirbelnden Strudel und ich wusste, dass du hinter der Tür auf mich warten würdest, der Tür, die meinen Blick gefangen nahm. Ich sah dich riesengroß über die marmornen Fliesen des Flurs und das Wiedereingeschnittensein in das große Fenster auf mich zukommen mit erstaunlich legerem Schritt. Und du warst der Raum und der Raum war um dich. Ach, es hätte nicht all des Raffinements an Spitze und schwerer Seide bedurft, bei einem Mann wie mir, der dir doch schon gehörte und dem du gehörtest mit schwarzer Seide, Perlenschmuck und rauchigem Haar. Meine Hände zitterten voll Ungeduld und dein amüsiertes Lachen tief aus deiner Kehle beschämte mich nicht. Und es war die Hoffnung des Moments.

Sie überwand mit Leichtigkeit meine dämliche Starre, fasste mich am Handgelenk und zog mich hinter ihr her. Ich kam nicht einmal dazu, meine Klamotten abzulegen, sie zog mich mit routinierter Geschwindigkeit aus, gab mir einen sanften, genau berechneten Schubs auf das Bett und ließ selbst das undefinierbare mantelartige Kleidungsstück fallen, worauf sich mein Blick auf die dunkelbraunen Spitzen ihrer Brüste und das schwarze Vlies, das immer wieder aufregende Dreieck ihrer Scham, richtete. Schon nach den ersten Bewegungen wusste ich, dass mir weibliche Routine gegenüberstand, beziehungsweise lag, der mit einfachen Mitteln nicht beizukommen war.

Es dauerte einen Moment, bis deine Lider flatterten wie die Margots und die der anderen vor dir, die aber niemals eine solche Verwirrung in mir angerichtet hatten. Und mit dem Maße deiner Erhitzung und Erfüllung wuchs in mir die gläserne Kühle früherer Erfolge und ich strengte mich wahrlich an, bis der erste leise Seufzer aus deiner Kehle kam, womit du das Spiel verloren hattest, dem ich mich zuvor blind überantwortet hatte. Das Spiel war gewonnen, in der Sekunde, in der dein Gesicht unter mir in den Konturen der anderen früheren Gesichter zerfloss, eine Sekunde nur hat dich verlieren lassen und in mir jähen Triumph erweckt.

Dem jähen Triumph folgte jähe Besinnung mit ein wenig Bitternis. Danach waren nur noch ich, ich und mein Mund und eine Frau, die älter und reifer war, aber im entscheidenden Moment doch schwächer war als ich, und du warst diese Frau, Anne. Der erbarmungslose Zyklus unseres Liebesaktes hatte begonnen und ich kannte seinen Ablauf mit geschlossenen Augen. Ich wusste nun, wie ich dich erhitzen konnte, wie ich die Zeit für uns zerfließen lassen konnte, wie ich mit wohlberechneten Zärtlichkeiten das Wachs zum Schmelzen bringen konnte. Und ich hasste mich dafür, dass ein unterdrücktes leises Lachen in mir aufstieg bei der Erinnerung an das Fest, wo du die Dinge schon mit kleinen raffinierten Spielen und mit deiner unbezähmbaren Leidenschaft geschickt eingefädelt hattest.

Frank empfand die Affäre naturgemäß anders und reagierte auch entsprechend anders.

Bis zum folgenden Tag war ich zu keinem Zeitpunkt auf die Idee gekommen, dass meine einmalige erotische Begegnung mit der Ehefrau eines anderen Mannes zu derartigen Gefühlswirrungen führen könnte. Richtig war aber, dass derartige »Begegnungen« meist Ärger mit sich brachten, da die Kollegen und Freunde neugierig waren wie eine Horde Hühner.

Mir war klar, dass Frank am nächsten Morgen auf mich warten würde. Er würde eine strategisch kluge Position wählen, sodass er mich als Erstes fragen oder besser gesagt ausquetschen könnte, und so kam es auch. Allerdings kam ich nicht.

Ich, Frank, der treue Freund, habe am Montag auf dich in der Universität gewartet – der Vorlesevormittag, der sich mit schmalen Schatten an der Fassade des plumpen Hauptgebäudes entlangtastete, sodass weder die Gesetzessammlungen noch die Klausuraufgaben mitgenommen wurden. Ich hatte es bereits geahnt, dass du nicht kommen würdest. Mein Platz war nah am Ausgang, mit einem Blick stets zum Telefon des Saales. Aber nachdem du den Schlüssel bekommen hattest, war nicht mehr zu rechnen, dass du dem normalen Universitätsleben nachgehen würdest. Dir war im wahren Sinne des Wortes nicht mehr zu helfen und ich war bereit, die Fetzchen aufzulesen, die von dir übrig bleiben würden.

Du warst auch am Dienstag nicht da, eine gewisse Schadenfreude kam in mir auf und mir wurde unheimlich dabei. Sie beschlich mich, als ich daran dachte, dass du wohl im gleichen Augenblick ausgesogen werden würdest wie eine süße Frucht und dass du endlich einmal bei einer deiner Weibergeschichten schlappmachen würdest. Und einmal mit Zinsen zurückerhalten würdest, was du in unflätiger Selbstgefälligkeit an Affären in dich hineingefressen hattest. Schmutzige und neidische Gedanken beschlichen mich. Anne und du in einem Bett, und der Gedanke an das fette Gelächter der Gesellschaft und der Menschen des vergangenen Abends kam wieder zurück. Wahrhaftig, die gnädige Frau, so arriviert, so kultiviert und du, der kleine geile Studentenbock, mein bester Freund, ihr wart manchmal nur komisch.

Und du bist erst Mittwochnachmittag wiedergekommen und es würgte mich die wütende Enttäuschung, dass du kamst wie alle Tage zuvor und mit dem gleichen dämlichen Grinsen der Überheblichkeit und dem gleichen Schlendergang wie immer. Entschuldige Freund, ich wusste doch nichts.

Die unbefangene fröhliche Stimmung zwischen den drei Freunden schwand in dem Maße, in dem die Bindung von Steffen zu Anne zunahm. Zu Anfang hatte wohl niemand daran gedacht, dass eine – dazu noch ältere Frau – in derart massiver Form Einfluss auf ihren Kreis nehmen könnte. Es begann bereits kurze Zeit nach der Nacht, die Steffen bei Anne verbracht hatte, und es kam mehr als deutlich zum Ausdruck, dass die Gattin des Herrn Dr. Westrum Steffen im wahrsten Sinne des Wortes »hinterher« war beziehungsweise fuhr. Die Angelegenheit wurde zwar nicht mehr in allen Einzelheiten gemeinsam bequatscht, gleichwohl wies Frank grinsend darauf hin, dass Steffen wohl einen hervorragenden Eindruck hinterlassen hätte bei der gnädigen Frau und anlässlich ihrer Party. Er schloss dies messerscharf daraus, dass Anne Westrum in einem kleinen blauen BMW neuester Bauart nachmittags zwischen 14 und 15 Uhr vorfuhr, um Steffen abzuholen.

Sie parkte das Fahrzeug jeweils in der Ecke des großen Parkplatzes zwischen dem juristischen Seminargebäude und dem Philosophikum in dem vergeblichen Bemühen, möglichst nicht aufzufallen. Das Gegenteil war der Fall. Ein Jurastudent, der regelmäßig von seiner offensichtlichen – reifen – Geliebten abgeholt wurde, war ohnehin so auffällig wie ein Kalb mit zwei Köpfen. »Sie ist heiß, Steffen«, stichelte Willi, »du musst ihr die benötigte Kühlung besorgen.« Steffen, dem das Verhalten seiner Geliebten hochpeinlich war, fuhr den Freund an, er möge seine ungewaschene Schnauze halten, die Sache sei ja längst erledigt und es bestehe nur noch eine Freundschaft. Natürlich, säuselte der Freund. Natürlich habe man Verständnis dafür, dass sich eine Freundschaft entwickle. Diese Freundschaft sei schließlich ein Gebot der Höflichkeit gegenüber einer Frau, mit der er im Bett gewesen war.

Naturgemäß sprach sich die »besondere Beziehung« auch unter der akademischen Jugend auf dem Universitätsgelände relativ weit herum und wer Steffen nicht mit neidischen Augen betrachtete – Anne war schließlich eine Schönheit –, der beteiligte sich am allgemeinen Lästern. Die »akademischen Transportfahrten«, wie Frank stichelte, endeten mangels einer anderen Möglichkeit in Steffens neuer Bude. Das nahegelegene Waldhotel lehnte Steffen ab, weil er befürchtete, dass die Sache dem Ehemann seiner Angebeteten bekannt würde. Er murrte daher bei entsprechenden Vorschlägen, auch mit der Bemerkung, dass er in einer solchen Umgebung und verfolgt von den Blicken der normalen Hotelgäste wohl kaum einen hochbringen würde. Dieser Hinweis auf die befürchteten körperlichen Defekte ließ Anne dann jeweils einlenken und sie begnügte sich mit dem schmalen Bett auf Steffens Zimmer. Dabei entwickelte sie die turnerischen Fähigkeiten einer Katze und forderte, dass Steffen sich unterwarf. Sie saß gern auf ihm, würgte ihn mit spielerischen Händen und begegnete seinen Bedenken hinsichtlich seiner körperlichen Fähigkeit mit allerlei leichten Sprüchen des Inhaltes, dass er von diesen schönen Aktionen sicherlich keinen Schaden davontragen werde. Vielmehr erwarte sie gesteigerte Begeisterung.

Das ging vier bis sechs Wochen so. Dann beschlich Steffen langsam eine Ahnung, dass eine solche Beziehung wohl kaum von Dauer sein könne, zumal gerade in den Kreisen der Juristen und den juristischen Seminaren der Klatsch sich auch unter Professoren zu verbreiten begann. Anne, der er seine Bedenken und Vermutungen offenbarte, nahm die Sache erstaunlich leicht. Sie setzte sich auf ihn und warf lachend den Kopf zurück. »Hast du Schiss?«, war ihr beliebtestes Fragewort, wohlwissend, dass sie ihn damit nur aufregte. Offensichtlich hatte sie die Meinung und den Eindruck, die Dinge überall in die Hand nehmen und steuern zu können.

Kapitel 4

Das Komplott

Inzwischen hatte der Klatsch über Anne und Steffen Kreise gezogen, wie wenn man einen Stein ins Wasser wirft. Es konnte nicht ausbleiben, dass beide Betroffenen von verschiedenen Seiten zu hören bekamen, was man von der Angelegenheit hielt. Es musste daher unweigerlich geschehen, dass auch Dr. Westrum selbst von fürsorglichen Freunden und Bekannten informiert wurde. Willi hatte sogar gerüchteweise gehört, dass ein Detektiv beauftragt sei, dem betrogenen Ehemann Gewissheit zu verschaffen. Der Mann hätte sicherlich keine schwere Aufgabe gehabt, zumal Anne die Sache mit ziemlicher Lässigkeit betrachtete. Wahrscheinlich ging sie davon aus, dass sie ihrem Ehemann gegenüber die Affäre ableugnen könne, oder aber, dass sie ihn so um den Finger wickeln würde, dass letztlich keine Konsequenzen mehr aus der Affäre hervorgehen würden.

Sie unterschätzte dabei allerdings gewaltig das zum Nutzen ihres Ehemannes bestehende »Netzwerk« aus Wirtschaft und Universität.

Richtigen Schwung bekam die Angelegenheit jedoch erst durch die Tatsache, dass Westrum in der Saison jeweils an Sonntagvormittagen mit Staatsanwalt Kiefer, Professor Klasen und Landgerichtsdirektor Möller seine übliche Partie Golf zu spielen pflegte, wobei durchaus auch private Dinge besprochen wurden.

Professor Klasen trug die Information an ihn heran, weil er glaubte, es seinem Golffreund schuldig zu sein. Ihm, dem Herrn Professor, sei das Verhältnis durch seinen Assistenten mitgeteilt worden. Sein Assistent, der auch bei ihm promovieren wolle, habe sich umgehört und ihm anschließend die Entwicklung berichtet. Er halte es für seine Pflicht, seinen Freund Westrum zu informieren, welche Gerüchte im Umlauf waren, zumal dadurch auch die »bessere Gesellschaft« im Allgemeinen zu leiden hätte.

Westrum erklärte, dass er von der Angelegenheit bereits seit längerer Zeit wisse und nur überlege, wie er sie in seinem Sinne zu einer Lösung bringen könne. Irgendwelche Diskussionen mit einem jungen Schnösel wolle er nicht eingehen, es müsse schon etwas Subtileres geschehen. Er wisse auch, dass sich der Liebhaber seiner Frau zum ersten Staatsexamen angemeldet hatte. Da die juristischen Prüfungskommissionen jeweils mit vier Personen besetzt waren, könne man doch Westrum als Vertreter der Praktiker berufen, da die übrigen drei Prüfer aus dem Lehrkörper beziehungsweise aus der Juristenschaft kämen.

Nach einem langen und schönen Drive die 17. Bahn des Platzes entlang rückte Westrum schließlich mit seinem Vorschlag heraus, ihn doch über den Leiter der Prüfungskommission, Oberstaatsanwalt Ochs, in die Prüfergruppe zu delegieren, die für Steffen zuständig war.

Die Spielpartner des Sonntagmorgens tasteten sich langsam an die Erkenntnis heran, dass Westrum etwas ganz anderes als öffentliche oder private Auseinandersetzungen mit seiner Ehefrau vorhatte. Er gedachte, das Verhältnis so zu lösen, dass Steffen einfach durch die Staatsprüfung fallen müsse und damit auf eine zweite Prüfung angewiesen sei. Diese sei in der Vorbereitung mit so viel Arbeit und zugleich Angst vor einem weiteren Versagen verbunden, dass ihm der Kopf nicht mehr nach Dummheiten stünde.

Im Übrigen könnte man ja auch bezüglich der zweiten Prüfung noch etwas tun, möglicherweise mit der Konsequenz, dass ein zweimal gescheiterter Prüfling nicht wieder zugelassen würde, was nur mit ministerieller Genehmigung möglich gewesen wäre. Oberstaatsanwalt Ochs überlegte eine Weile, um dann strahlend zu erklären, dass dies ja eine ganz hinterlistige Art sei, einen Rivalen aus dem Ring zu werfen. Er äußerte aber Bedenken, daran mitzuwirken, einem jungen Menschen die Zukunft in seinem Beruf völlig zu verbauen.

Nach einer kurzen Diskussion wurde man sich einig, es war nur noch zu klären, wie die Sache abgewickelt werden sollte. Es sei mit Sicherheit ein Leichtes, die mündliche Prüfung für den Rivalen so zu gestalten, dass er praktisch nicht die geringsten Kenntnisse aufweisen könnte. Andererseits aber könnte in Fachfragen vom Prüfling zumindest eine ausreichende Leistung erbracht werden, sodass sich ein Votum für sein Durchfallen durch die Prüfung schwierig gestalten würde. Das könne man ihm überlassen, betonte Westrum. Es genüge, dass die Hausarbeit, die von dem Prüfling abgeliefert worden war, schlecht benotet werde und die Klausuren, die schriftlichen Fachprüfungen ebenso. Wenn jedenfalls unauffällig erreicht würde, dass die Leistungen nicht mehr für ein »Ausreichend« genügten, könne man ihn ohne Weiteres durchfallen lassen, zunächst einmal mit Hinweis auf die Möglichkeit einer zweiten Prüfung in vielleicht einem Jahr später. Bis dahin dürfte aber die Affäre der Frau Westrum mit dem jetzt so bedeutend gewordenen Prüfling seiner Gruppe vergessen sein.

Sei sie durch dieses Manöver nicht beendet und sollte man Steffen in der mündlichen Prüfung nicht durch gemeinschaftliche Befragung fertigmachen können, bestehe immerhin noch die Möglichkeit, ein anderes Szenario aufzubauen, das dazu führen könne, dass der Betroffene von der Universität verwiesen werde. Ein Grund werde sich schon finden lassen. Allgemeine Meinung der Herren Verschwörer war allerdings, dass ein Scheitern auf dem Prüfungsweg zu bevorzugen sei.

Kapitel 5

Die Staatsprüfung

Von dieser Entwicklung hatte Anne keine Ahnung und Steffen verließ sich mit seinem eigenen Gerechtigkeitssinn darauf, dass er die Prüfung schon bestehen werde, zumal er bislang überdurchschnittliche Leistungen erbracht hatte. Willi grunzte dagegen aus seiner Ecke, wo er über einer kniffligen Relation arbeitete, Steffen solle sich ja nicht zu sicher sein, mit der Gegenseite fertigzuwerden, wenn diese erst einmal irgendwelche Schweinereien ausgeheckt hätte. Damit müsse man aber rechnen, und auch Anne wäre ja wohl kaum in der Lage, festzustellen, was ihr Mann in Bezug auf das Verhältnis von ihr mit Steffen vorhatte. Mit einem Schulterzucken erklärte sie, was es auch sei, das werde sie schon jederzeit in Ordnung bringen können. Steffen, den die gesamte Diskussion unter seinen Freunden zunehmend dünnhäutiger und empfindlicher gemacht hatte, bestand darauf, dass Anne nicht etwa versuchen sollte, bei ihrem Ehemann »gut Wetter« zu machen, indem sie selbst in die Sache einbezogen würde. Auf die Frage von Willi, ob Anne denn nicht etwa fürchte, dass ihr Ehemann sich wegen der Affäre scheiden lassen würde, erklärte sie mit entwaffnender Offenheit, dass dagegen zwei Punkte sprächen: zum einen, dass die Kanzlei und beträchtliches Privatvermögen von ihren Eltern her auf Westrum übergegangen sei, zum anderen aber, dass ihr Ehemann jeden Skandal würde vermeiden wollen, damit nichts an die Öffentlichkeit dringe, wobei sie ihn ohnehin, wie betont, um den Finger wickeln könne. Außerdem ließ sie auch gegenüber Steffen jederzeit ganz klar erkennen, dass sie selbst ihr wohleingerichtetes öffentliches Leben nicht aufs Spiel setzen wolle. Sie wollte sich zwar mit Steffen weiterhin ebenso leidenschaftlich wie liebevoll befassen, es sollte jedoch im gesellschaftlichen Umfeld alles bleiben, wie es war.

Die Freunde hatten sich alle drei gemeinschaftlich sorgfältig auf das mündliche Staatsexamen vorbereitet, jedenfalls konnte man ihnen nicht nachsagen, dass sie nicht gearbeitet hätten. Das Ergebnis der schriftlichen Hausarbeit war naturgemäß nicht bekannt, da es vor dem mündlichen Examen weder die Hausarbeit zurückgab noch die Klausuren. Grund war die merkwürdige Überlegung, der Prüfling solle nicht irritiert werden, wenn er erfahren würde, dass er beispielsweise die Klausuren im Wesentlichen »verhauen« hätte. Dabei wäre es dem psychischen Zustand der Prüflingen weit besser bekommen, wenn sie durch Erfahrung der Bewertung der schriftlichen Arbeiten entweder ihren Schock bereits verdaut hätten bis zur mündlichen Prüfung – bei einem schlechten Ergebnis in Hausarbeit und Klausuren – oder aber wenn sie bereits auf der sicheren Seite der Prüfung waren und das Mündliche, das ja auch nur bestenfalls mit 1/3 bewertet wurde, ihnen bekannt gegeben worden wäre. Deshalb musste auch jeder dem Prüfungstermin mit einer gewissen Furcht entgegensehen, selbst wenn er guten Gewissens behaupten konnte, fleißig gelernt und zumindest durchschnittlich abgeschnitten zu haben.

Von besonderer Gewichtigkeit war die Zusammensetzung der mündlichen Prüfungskommission, weil es gefürchtete scharfe und wiederum großzügige Prüfer gab.

Erwischte man das Klappmesser Bibo und einen vernünftigen Mann aus Industrie oder Wirtschaft als Ausgleich zu einem sehr unangenehmen Prüfer aus der Professorenschaft, so wusste man in etwa, worauf es der Prüfer anlegen würde und welche besonderen Kapitel des Rechts von ihm als Prüfungsstoff bevorzugt wurden. Steffen beschlich ein unangenehmes Gefühl, als er erfuhr, dass neben dem gefürchteten Professor Klasen als Vertreter der Wirtschaft und Prüfer für Handels- und Gesellschaftsrecht der Bankier Hauser in seiner Prüfungskommission saß. Von diesem wusste Steffen über Anne aus mehreren Gesprächen, dass er nicht nur als scharfer Prüfer galt, sondern vor allen Dingen ein Golffreund ihres Mannes war. In einem leichten und etwas mitleidig gefärbten Ton wies Anne Steffen darauf hin, dass er von dem persönlichen Freund ihres Ehemannes sicherlich kaum ein faires Prüfungsverhalten erwarten dürfe, da sie sicher war, ihr Mann habe vorher seinen Golffreund entsprechend »konfirmiert« und das nichts Gutes für Steffen bedeuten könne. Annes Ausführungen führten dazu, dass bei Steffen der Aufgeregtheitspegel deutlich stieg. Dazu kamen der Spott der Freunde und Willis Bemerkung, Steffen könne ja wohl kaum erwarten, von Herrn Syndikus Westrum über dessen Freund besonders freundlich behandelt zu werden, unter dem Aspekt, dass er schließlich mit der Ehefrau des im Hintergrund tätigen Prüfers dieses Fachgebietes ins Bett gegangen war.

Letztlich beruhigte Steffen aber doch der Gedanke, dass es schließlich nur einer von vier Prüfern war, der möglicherweise feindlich gegen ihn eingestellt war, die übrigen drei hatten ja mit der Privatangelegenheit Steffen/Anne Westrum nichts zu tun. Mit dieser Zuversicht, die er sich mit immer noch leisen Zweifeln selbst zubilligte, sah er der mündlichen Prüfung entgegen. Insbesondere, da er bei den

Klausuren vorher ein »recht positives Gefühl« hatte. Willi und Frank sahen die Sache jedoch anders. Sie erklärten Steffen für einen Idioten, wenn er glaube, Westrum würde sich neutral verhalten, er, Steffen, müsse vielmehr mit einer besonders scharfen Prüfung rechnen, wobei noch ganz offen war, wie der Herr Vorsitzende und Golfbruder sich verhalten würde.

Schließlich kam der unvermeidliche Prüfungstag und Steffen begab sich in den Prüfungsraum Nr. 14, das sogenannte »Grab des Prüflings«. Den Namen verdiente der kleine Saal aus dem Grund, als dort die meisten Kandidaten »geschlachtet« wurden.

Seine bis dahin doch eher gedrückte Stimmung hob sich schlagartig um ein paar Grad, als er erfuhr, dass neben Westrum der vierte Prüfer aus der Professorenschaft Bibo, das Klappmesser, war. Auf ihn setzte Steffen, wie manch anderer Prüfling, eine gehörige Portion Hoffnung. Diesem erteilte Oberstaatsanwalt Ochs auch als erstem Prüfer das Wort. Bibo erwies sich als gutartiger Prüfer insofern, als er das Gebiet des allgemeinen Zivilrechtes für die Prüfungsfragen wählte. Ein Gebiet, das eigentlich jeder Prüfling beherrschen sollte. Auch Steffen fühlte sich hier auf sicherem Grund und konnte überzeugt sein, dass in diesem Teilbereich zumindest eine befriedigende Leistung zu erzielen war. Da es anderen Prüflingen gestattet war, bei der mündlichen Prüfung eines ihrer Kollegen oder Kolleginnen anwesend zu sein, soweit sie selbst zum Examen gemeldet waren, fühlte Steffen auch die hinter seinem Rücken entstandene günstige Stimmung unter den Zuhörern. Die Stimmung änderte sich jedoch schlagartig, als Klasen den Prüfungsteil übernahm, der sich eigentlich mit allgemeinem Strafrecht hätte befassen müssen.

Die ersten Fragen zeigten Steffen jedoch zu seinem Entsetzen, dass Klasen überhaupt nicht daran dachte, Fachfragen aus dem Strafrecht zu stellen, sondern grinsend erklärte, der Kandidat habe doch sicherlich auch Kenntnisse in der Geschichte des Rechts, und indes Fragen aus der Rechtsgeschichte Deutschlands stellte, aber auch aus dem mittelalterlichen Kirchenrecht, wobei er seine hinterhältigen Fragen damit garnierte, dass er erklärte, der Prüfling sei verpflichtet, auch ausreichend Rechtsgeschichte gehört zu haben. So erlebte Steffen seine erste deutliche Niederlage, da er auf diesem Rechtsgebiet nichts, aber auch gar nichts gehört hatte. Auch Professor Bibo riss seine Augen noch weiter als üblich auf, als er vernahm, dass Klasen beispielsweise nach dem »Processus in rotula« fragte, was Steffen selbst bei Beherrschung des Lateinischen völlig unbekannt war. Mit einem spöttischen Lächeln bedachte ihn der Prüfer dann mit dem Hinweis, dass man so etwas ruhig wissen könne, es handele sich um den Transport von Akten im Mittelalter von Gerichtssitz zu Gerichtssitz oder Kaiserpfalz zu Kaiserpfalz. Das anschwellende Gemurmel im Hintergrund zeigte deutlich, dass im Raum niemand eine Ahnung von diesem Rechtsvorgang hatte und wohl auch nicht verstehen konnte, dass nach so etwas gefragt werde. Willi meinte leise, es sei nicht ersichtlich, was dies mit dem heutigen Wissenstand eines Rechtskandidaten zu tun haben solle.

Schließlich kam der Vertreter der Industrie und Wirtschaft, Bankier Hausen dazu, für seinen Golffreund die entsprechenden Kerben einzuschlagen. Eigentlich wäre sein Prüfungsgebiet Wirtschaft- und Handelsrecht gewesen, aber auch hier summte der Saal mit den Zuhörern vor Überraschung, als der Prüfer freundlich lächelnd See- und Luftverkehrsrecht wählte und in Einzelheiten prüfte. Steffen, der sich auf allgemeines Handelsrecht vorbereitet hatte, strich im wahrsten Sinne des Wortes die Segel und musste feststellen, dass außer dem Klappmesser Bibo keiner der anderen Prüfer ihm eine vernünftige Sachfrage gestellt hatte. Von deutlichen Fragen über das spezielle Wissensgebiet des Prüfers ganz zu schweigen.

Trotzdem hatte bei aller Gehässigkeit und gespannten Erwartungshaltung wohl niemand erwartet, dass Steffen sein Examen nicht wenigstens mit der Note befriedigend oder ausreichend bestanden hätte.

Es traf ihn wie ein Faustschlag, als ihm in wenigen dürren Worten mitgeteilt wurde, der Prüfling Steffen habe leider nicht bestanden. Klasen fügte noch die süffisante Bemerkung hinzu, die »Leistung« im Mündlichen sei ein Spiegelbild der schriftlichen Klausuren, bei denen Steffen durchaus ein gutes Gefühl gehabt hatte.

Der erste entsetzte Gedanke galt der Reaktion seines Vaters und der Familie, wobei sein Vater mit Sicherheit kein Verständnis aufgebracht hätte, wäre ihm hinterbracht worden, dass es kein Wunder sei, dass der Herr Sohn durchs Examen gerasselt sei, wenn man bedenke, dass er ein Verhältnis mit der Frau eines der Prüfer gehabt habe. Steffen war überzeugt, dass die Wissenden, sei es in der Verwandtschaft, der Bekanntschaft oder Nachbarschaft, alsbald sich scheinheilig nach dem Ergebnis der Prüfung erkundigen würden, wobei die Umstände mit Sicherheit noch ausgeschmückt wurden. Diesem Klatsch wollte er unbedingt entgehen.

Die bevorzugte Aktivität der Bewohner des Dorfes oder der Kleinstadt, wie man es nehmen wollte, waren nun einmal Klatsch und Tratsch durchmischt mit Häme zum größeren Teil und zum kleinen Teil mit Mitgefühl.

Die zunächst von der allgemeinen Schockstarre in ihrem privaten Kreis getroffenen Freunde begannen mit der Analyse der Situation, insbesondere, ob und was man noch gegen diese Ungerechtigkeit unternehmen könne. Da Steffen wie ein Schlafwandler wirkte, übernahm es Willi, die Diskussionsrunde zu leiten. Zunächst einmal müsste das schriftliche Examen angefordert werden, das hieß, man müsse die Hausarbeit und die Klausuren ausgehändigt bekommen, um zu sehen, wie diese zensiert worden waren. Wären diese nämlich wesentlich besser ausgefallen als die mündliche Prüfung, so bestand die Möglichkeit, das Nichtbestehen der Prüfung mit verwaltungsrechtlichen Mitteln anzugreifen. Wofür waren sie denn schließlich angehende Juristen?! Sobald man die schriftlichen Unterlagen in den Händen habe, könnte man versuchen, einen neutralen Gutachter aus Rechtsprechung oder Literatur zu bekommen, der das Gesamtexamen fachlich prüfen solle. Möglicherweise könne man das Votum »nicht bestanden« doch noch mit Erfolg anfechten.

Vor allem aber musste ein kühler Kopf bewahrt werden und der Gedanke nicht um eine Vergeltungsaktion kreisen. Eine Art Rachgedanke kam auf, wonach Steffen diesem zunächst so viel Dringlichkeit zuordnete wie dem Examen selbst.

Nachdem wegen des gescheiterten Examens der erste Schock bei ihm überwunden war, überfiel Steffen die tiefgreifende Furcht um die Reaktion des Vaters, der felsenfest und sicher an eine erfolgreiche Prüfung geglaubt hatte. Da sein Vater an einem Herzleiden litt, das ihm jede Aufregung verbot, und er bereits einen Herzinfarkt mehr oder weniger abgewettert hatte, musste jetzt Schlimmeres befürchtet werden, wenn Steffen ihm das Gesamtergebnis des Studiums beichten musste. Er würde sich mit Sicherheit fürchterlich aufregen. Es ging darum, den häuslichen Frieden insofern zu retten. Die pragmatisch denkende Mutter begnügte sich mit der sachlichen Frage, die direkt auf das Wesentliche zielte, ob nämlich die Prüfung möglichst bald und beim zweiten Male mit Erfolg absolviert werden könne. Dabei kam es ja auch auf den Zeitfaktor an, nämlich die Zeit des Beginns des Nachstudiums. Steffen beeilte sich zu versichern, dass man sich ein zweites Mal zur Prüfung nach einem Jahr melden könne und dann – gestählt durch die erste erfolglose Schlacht – den zweiten Anlauf mit Erfolg beenden könne. Die Mutter meinte vernünftig und lakonisch, der Sohn möge sich daher noch einmal auf den Hintern setzen, Versäumtes nachholen und ein zweites erfolgreich bestandenes Staatsexamen in einem Jahr vorlegen. So beendete sie die Diskussion und die damit verbundene Belastung der Familie. Mit Recht, wenn auch durchaus verlegen, wies der Sohn darauf hin, dass die Durchfallquote beim ersten Staatsexamen für Juristen bei 40 Prozent liege, das hieß, dass von einer Prüflingsgruppe von jeweils fünf Studenten mit Sicherheit zwei, bei ekligen Prüfern auch drei Kandidaten durchfielen. Diese unbestreitbare Tatsache trug zum allmählichen Wiedereintritt des häuslichen Friedens bei. Desgleichen begannen unbestimmte und unbestimmbare Rachegedanken in ihm aufzukommen. Unabhängig von der Beziehung zwischen ihm und Anne Westrum trat der Ehemann immer konkreter ins Bild, verbunden mit diffusen Rachegelüsten Steffens.

Das Gute an der unglücklichen Entwicklung aber war die Tatsache, dass seine Studentenbude in der Nord-West-Stadt nicht infrage gestellt wurde, weder von der Vermieterin noch vom Vater.

Vor allen Dingen musste aber ein kühler Kopf her. In diesem Zusammenhang kam der gemeinsame Gedanke der Freunde auf, dass man zunächst einmal unbedingt Urlaub machen müsse nach dem Stress durch das Examen, dem man ausgesetzt gewesen war. Der Urlaubsgedanke gewann immer mehr Dringlichkeit und sodann wurde beschlossen, in Südfrankreich oder Spanien eine Auszeit einzulegen, die den Kopf freimachen sollte. Schließlich erklärten sich aber doch nur Piet und Willi bereit, Steffen bei seinem Urlaub zu begleiten. Es wurde festgelegt, dass Südfrankreich angesteuert würde.

Kapitel 6

Silber

Steffen, Piet und Willi hatten verabredet, an der Côte d'Azur auf dem großen Campingplatz Le Dramont zusammenzukommen. Sie wollten dort an der Steilküste schnorcheln. Die Anreise sollte innerhalb der abgesprochenen Woche in Südfrankreich erfolgen; sie machten sich kein größeres Kopfzerbrechen, wie sie an das Ziel ihrer Wünsche kommen könnten. Sie gingen davon aus, dass sie ohne Weiteres per Anhalter reisen könnten, Steffen befestigte an seinem Rucksack noch eine kleine deutsche Fahne, in der irrigen Annahme, darüber wären möglicherweise die Franzosen angenehm berührt. Das Schwenken der Daumen am Straßenrand in Richtung Süden war aber weniger erfolgreich, als sie erhofft hatten, mit Ausnahme von Willi, der von einem französischen Motorradfahrer auf dem Soziussitz eine größere Strecke nach Besançon mitgenommen wurde. Sichtlich »angekotzt« konnte er nur berichten, dass der Franzose mittleren Alters ihm sogar noch Übernachtung bei sich und anderes angeboten hätte. Während er sich über die Mitnahme als Zeichen der Völkerfreundschaft noch gefreut hatte, musste er einige Zeit später erleben, dass ihm der freundliche Motorradfahrer »an die Wäsche ging«, indem er ihn am Oberschenkel tätscheln und anscheinend Willis kurze Hosen näher inspizieren wollte. Als Dankeschön für das Mitnehmen kam eine derartige Belästigung für Willi natürlich nicht infrage, zudem musste er den Spott seiner Kumpels über sich ergehen lassen, er sei eben zu hübsch für eine normale Mitfahrt.

Steffen hatte einen größeren Abschnitt dadurch bewältigen können, dass ihn von der deutsch-französischen Grenze an bis Lyon eine elegante Dame mit Tochter mitnahm, wobei die Fahrt in Lyon sogar freundlicherweise vor den Türen der örtlichen französischen Jugendherberge endete. Steffen musste die betrübliche Erfahrung machen, dass die freundliche Dame zwar offensichtlich keinerlei Vorbehalte gegen deutsche Jugendliche hatte, auch nach einer großen Villa mit Garten roch, jedoch die Jugendherberge wohl als angemessenere Unterbringung eines trampenden deutschen »Zwanzigenders« betrachtete. Gleichgültig, welche Hindernisse dem Trampen im fremden Land entgegenstanden, gelangten alle drei doch schließlich an das Ziel ihrer Wünsche, um dann festzustellen, dass die Frage des Campens auf einem Campingplatz auch davon abhing, dass man ein vernünftiges Zelt für drei Personen aufbringen konnte. Hier war in seltener Einmütigkeit beschlossen worden, dass jeder eine Dreieckszeltplane mitbringen sollte, die ein merkwürdiges kleines spitzes Zelt als Unterkunft ergeben hätten. Als sie ihre braun-olivgrünen Zeltplanen auspackten, wurden sie von den Nachbarzeltinhabern misstrauisch beäugt, zumal sich herausstellte, dass sie nicht an einen wasserdichten Boden gedacht hatten. Gemeinsam gingen sie daher zum Betreiber des Campingplatzes und fragten ihn, ob er eine Matratze, eine größere wasserdichte Plane oder etwas Ähnliches zur Verfügung stellen könnte. Monsieur Platzbetreiber zog zwar die Augenbrauen hoch und rümpfte die Nase, verschwand aber schließlich in seinem Schuppen für Allgemeinplunder und kam nach einiger Zeit mit dem nackten Skelett einer Sprungfedermatratze wieder heraus. Die Befestigung der drei Zeltplanen zu einer Art Zelt in Verbindung mit dieser Matratze, die dann mit Plastik abgedeckt wurde, erregte nicht unbeträchtliche Neugier bei den Normalcampern. Als offenkundige Parias der Zeltkultur wurden die drei jungen Männer aber schnell dahin bekannt, dass sie an der Natur, die sie umgab, mehr Interesse hatten als an komfortablen Ausrüstungen für Camper.

Jeden Morgen konnten sie den wunderbaren Anblick genießen, der sich von der Höhe des Platzes auf das Meer hinaus bot. Das Esterel-Gebirge stürzt an dieser Stelle steil mit seinen roten Felsen in das Mittelmeer, während sich einige Pinien verzweifelt mit ihren Wurzeln in den Felsspalten festkrallen konnten und so den Dreiklang von Meer, Felsen und Pinienbäumen in blau, rot und grün hervorbrachten.

Nach einiger Zeit änderten sich aber, wie Piet meinte, die »sozialen und finanziellen Umstände« der Freundschaftsgruppe, was nur bedeuten konnte, dass keiner mehr Geld besaß, um den schönen Aufenthalt an der Côte d'Azur weiter zu finanzieren. Wie konnten sie in Frankreich Geld auftreiben beziehungsweise durch Arbeit verdienen? Sie erinnerten sich daran, dass auf den nahegelegenen Feldern nicht nur Lavendel, sondern auch Melonen gediehen, die in Handarbeit gepflückt und eingesammelt wurden. Zu ihrer eigenen Verwunderung wurden die drei als Erntehelfer angenommen.

Auf den Feldern arbeiteten neben den knorrigen und windgegerbten Männern des Departements Var auch in größerer Zahl junge Mädchen, auf denen – Formulierung von Steffen – »der Freunde Auge wohlgefällig ruhte«. Die misstrauischen Blicke und kaum verhüllten Antipathien der französischen jungen Männer konnten unterlaufen werden, wie die spätere Entwicklung zeigte. Bei Steffen

sorgte ein »carmenähnliches« Wesen namens Janine für den ersten Schwächeanfall. Wegen der allgemeinen »dicken« Stimmung auf dem landwirtschaftlichen Gelände hätte aber eine erhebliche Portion Heldenmut dazugehört, Annäherungsversuche zu wagen unter den Blicken der französischen schwarzgelockten Kontrahenten, die alle einen gefährlichen Teint von haselnussbraun bis fast schwarz aufwiesen. Auch sahen ihre Arbeitsmesser, mit denen sie die Melonen bearbeiteten, nicht so aus, als würden sie nicht gelegentlich bei einer entsprechenden Auseinandersetzung in Szene treten.
Das Schicksal meinte es aber gut mit ihnen, besonders mit Steffen.

Auf dem Hang oberhalb des Campingplatzes stand eine kleine Kapelle, in der, wie die drei bald feststellten, sonntags Gottesdienst abgehalten wurde. Selbstverständlich nach römisch-katholischem Ritus und in lateinischer Sprache. Das Wesen von Steffens heimlicher Anbetung kam sonntags ebenso pünktlich zur Messe wie die wenigen umliegenden Bewohner. Sie kniete in einer der hinteren Bänke, sodass auf ihrer linken Bankseite noch Platz für einen Gottesdienstbesucher war. Unter reichlich kühner Überwindung der allgemeinen Angst belegte Steffen diese für eine Kirche äußerst strategisch günstige Position.
Sie kniete und hatte beide Hände flach vors Gesicht gelegt, offensichtlich um ernsthaft zu beten. Schon ihre Erscheinung warf ihn über den Haufen. Zu einem roten Rock trug sie eine weiße, bestickte Kurzärmelbluse mit einem Ausschnitt, der sich genau an der Grenze zwischen Verlockung und Sittsamkeit bewegte. Ihre Füße zierten die üblichen Espandrilles, die Sohlen der Sandalen waren mit zwei Schnüren zur Befestigung kreuzweise um die Knöchel gebunden. Über den dunklen Locken lag ein kleines,

ebenfalls besticktes, weißes Tuch, Zweck und Sinn des Tuches waren Steffen nicht bekannt und ihm auch völlig egal. Es traf ihn wie ein Hieb in die Magengrube, als er bemerkte, was für ein zartes Spiel sie begonnen hatte. Zwischen dem gespreizten Zeigefinger und Mittelfinger schoss ein Blick wie ein schwarzer Blitz zu ihm herüber, wobei sich der Vorhang ihrer rabenschwarzen Haare sofort wieder schloss und dabei ein kurzes silbernes Aufleuchten zeigte, das offensichtlich durch einen Sonnenstrahl hervorgerufen wurde, der durch das seitliche Kapellenfenster fiel. Wie in einem kleinen Theater wiederholte sich der Vorgang – beiseiteschieben der Haarsträhne, Blickwinkel nach links zu ihm hinüber durch das Spreizen von Mittelfinger und Zeigefinger und alsbaldiges Fallen des Vorhangs, nachdem er sie wohl reichlich dümmlich angeglotzt hatte, weil Durchblick und Kunst zu dem begonnenen Spiel mangels Erfahrung von ihm nicht aufgenommen wurden. Sie trug an ihren Ohrläppchen, wie er jetzt bemerken konnte, zwei großformatige, sehr hübsche silberne Ohrringe, die fingerlang fast bis auf ihre Schultern herabhingen. Bei jeder Bewegung des Kopfes klangen die Creolen zusammen mit der silbernen verzierten Platte in der Mitte der Ringe leise und aufregend. Die langen gebogenen Wimpern wurden natürlich sittsam gesenkt, sobald sie bemerkt hatte, dass er nach ihr hinsah. Die Wimpern warfen leichte Schatten auf ihre Wangen, ein Anblick schlicht zum Verrücktwerden.

Das Spiel wurde auch öffentlich fortgesetzt insofern, als nunmehr die Wandlung in der katholischen Messe erfolgte, die höchste Teilnahme am Gottesdienst erforderte. Flink wie zwei braune Schlangen fuhren ihre Hände in die Haare und hängten die auffälligen silbernen Schmuckohrringe ab, die in einer kleinen Tasche an ihrem Gürtel verschwanden. Mit gefalteten Händen und sittsam gesenkten Augen schritt sie zur Kommunion und anschließend zurück in die Bank. Mit der gleichen fließenden Bewegung, mit der sie die Ohrringe verstaut hatte, wurden diese wieder hervorgeholt und mit zwei kurzen Handgriffen an den Ohren befestigt. Das kleine Theater wurde in vollendeter Regie fortgeführt: seitliches Teilen der schwarzen Locken mit zwei Fingern, Hervorschießen eines Blickes in seine Richtung, Klingen und leises Klirren der Ohrringe nach Wiederbefestigung. Er war hin. Die roten Felsen, grünen Pinien, die Freunde und die Arbeit auf den Melonenfeldern verschwammen in einen Brei von Gedanken, aus dem sich nur ein klarer Gedanke erhob: Wie kann man dieses göttliche Wesen wiedersehen? Dieser Frage war er jedoch unbewusst längst enthoben, da die Regie hier alsbald anderweitig von dem göttlichen unbekannten Wesen übernommen wurde. Sie nutzte die mit den jeweiligen Kopfbewegungen hervorgerufenen silbernen Blitze der Ohrgehänge sowie die bewusste oder unbewusste Benutzung der schwarzen Haarpracht als Vorhang und Bühne des kleinen Regietheaters. Die Bewegungen ihres Kopfes schienen wie silberne Morsezeichen in seine Richtung gedacht. Neben der südfranzösischen allgemeinen Hitze auf den Feldern und auf den Klippen des Esterel-Gebirges fühlte er, wie sich eine verstärkte Hitze im gesamten Körper entwickelte. Das wunderliche Gefühl, verbunden mit den spielerischen kleinen Zeichen der Frau, warf jede vernünftige Überlegung zu Boden.

Die Messe war vorüber und alle Kirchgänger strömten hinaus, wobei sie zuerst im Gedränge zu entschwinden drohte. Sie blieb aber plötzlich mit einem Ruck stehen, die tiefgebräunten nackten Beine mit den Espandrilles kurz fest in den Boden gestemmt, machte dann drei Schritte auf ihn zu und packte ihn bei der Hand. Von Gönnerseite – der seiner Kumpel – wurde später berichtet, dass Steffen der schönen Unbekannten aus Südfrankreich willenlos in die Gebüsche von wildem Lorbeer, Thymian, Lavendel und was auch immer, in einer Art Trance, gefolgt sei. Sie packte ihn schlicht an der Hand und zog ihn mit aufforderndem Blick in die duftenden Wildkräuter und Büsche des Maquis, dabei mit einer Art seltsamer Zauberkraft handelnd. Das Mädchen hatte ihn offensichtlich in einen magischen Zirkel gezogen. In diesem Augenblick überkam ihn anschwellende Freude. Nichts als reine und hoffende Freude.

Die Bedenken beim Anblick der jungen Südfranzosen mit ihren krummen Kappmessern im Gürtel verdichteten sich nach dem Kirchenbesuch von Steffen bedrohlich, sodass es den Freunden geraten schien, zu verschwinden. Steffen sträubte sich zwar eine Weile, da er hoffte, seine jüngste Eroberung aus der Kirche näher kennenlernen zu können, aber die Mehrheit von 2 : 1 beschloss, dass sofort nach Hause gefahren werden sollte. Willi hielt Steffen noch vor, dass schließlich er es sei, der sie mit seinen wiederholten Weibergeschichten »in Gefahr« bringe. Obwohl dies scherzhaft gemeint war, war ein Körnchen Wahrheit darin enthalten. Schließlich war auch Steffen davon überzeugt, dass in einem fremden Land mit einem fremdem Volk, wenn auch dem Nachbarvolk, ein Streit besser zu vermeiden war. Es wurden daher im echten Sinne des Wortes »die Zelte abgebrochen« und der Heimweg angetreten. Letzteres nicht ohne Versicherung, dass man den Campingurlaub in vollem Umfang noch einmal wiederholen müsse.

Immerhin hatten sie bezüglich der Staatsprüfung, die hinter ihnen lag, noch einmal den Kopf freibekommen und die bezaubernde südfranzösische Landschaft in vollen Zügen genießen können. Nun kamen bei Steffen jedoch die Gedanken an die gescheiterte Staatsprüfung wieder auf.

Kapitel 7

Rachegelüste

Zunächst waren es völlig unspezifische Rachegelüste, die sich bei Steffen zusammenbrauten. Die grobe Ungerechtigkeit, die ihm mit dem Nichtbestehen des ersten Staatsexamens widerfahren war, rief geradezu nach einer von Rachegefühlen getragenen Aktivität. Allerdings vermochte Steffen zunächst noch nicht, konkrete Absichten zu fassen, vielmehr waren es zeitweilig fast kindliche oder jugendliche Ideen, die ihn befielen. Entscheidend treffen konnte man Westrum sicherlich auf verschiedenen Ebenen. Von Veröffentlichungen in einem der Studentenblättern, die an der Universität kursierten, bis hin zu echten Angriffen, wie Brandlegung im Hause des verhassten Gegners oder Attacken auf seinen Pkw oder sein Grundstück, sämtliche Gedanken waren noch völlig diffus. Schließlich fiel Steffen ein, dass Westrum in der Toskana ein größeres ländliches Anwesen besaß, das man in der vorhandenen kalten Wut gerne abfackeln würde, genau gesprochen ein Brandstiftungsdelikt begehen wollte, wodurch Westrum wirtschaftlich deutlich getroffen und sein Lieblingsobjekt vernichtet oder schwer beschädigt werden könnte.

Natürlich kamen bei den Freunden erhebliche Bedenken auf, sich soweit vorzuwagen und derartige Aktionen zu unternehmen. Insbesondere dürfte ja auch Anne davon nichts erfahren, da sie eine so weit gehende Racheaktion nicht gebilligt hätte.

Es war Willi, der als typischer Pragmatiker auf die Idee kam, man solle doch zunächst einmal festlegen, wo »zugeschlagen« beziehungsweise welches Objekt attackiert werden könne. Soweit man sich schließlich auf das toskanische ländliche Gut als Angriffsobjekt geeinigt hatte, war es ebenfalls Willi, der in seiner nüchternen Ruhe vorschlug, erst einmal zu prüfen, wer neben Steffen überhaupt die nicht ungefährliche und vor allen Dingen strafrechtliche Aktion mit unternehmen würde. Schließlich hatten sie alle noch ihre Berufsentwicklung vor sich und konnten nicht damit rechnen, später einmal einen angemessenen Job zu finden unter der Voraussetzung, dass man eine derartige Rache gegen einen Repräsentanten der Gesellschaft unternehmen würde.

Es war schließlich Willi allein, der bereit war, Steffen auf einer Art »Strafaktion« in die Toskana zu begleiten, wobei er den heimlichen Gedanken nicht unterdrücken konnte und wollte, dass er bei dieser Gelegenheit auch ein ihm bis dahin unbekanntes Stück Italien kennenlernen würde. Schließlich wird nichts so heiß gegessen, wie es gekocht wird – der alte Spruch musste wieder herhalten – und niemand würde wissen, ob Steffen letztlich wirklich ernsthaft zuschlagen würde, wenn es soweit war.

Willi war sogar bereit, sein Auto zur Verfügung zu stellen. Es handelte sich um einen recht betagten und klapprigen VW Käfer, an dem schon die verschiedensten Reparaturen durchgeführt worden waren. Steffen, der an sich von Autos nicht viel verstand, konnte nur mit Verwunderung feststellen, dass der Fußraum des alten Fahrzeugs bereits an einer Seite durchgerostet war. An der Roststelle war ein Loch, durch das der Straßenboden gesehen werden konnte. Willi ersetzte daraufhin in einem Anflug von Genialität den Boden, indem er an dieser Stelle ein Kuchenblech aus dem alten Herd seiner Mutter einschweißen ließ. Der Fahrzeugboden aus Kuchenblech fand die allgemeine Bewunderung der anderen Studenten. Außerdem musste das Fahrzeug, wie Willi sachverständig erklärte, mit »Zwischengas« gefahren werden und damit der vierte Gang nicht ständig heraussprang, hatte der Beifahrer diesen in der gewünschten Stellung zu halten. Trotz erheblicher Bedenken angesichts der Fahrtüchtigkeit des kleinen Monstrums über eine längere Strecke versicherte Willi, dass das Fahrzeug durchaus tauglich für eine solche Expedition sei. Er meinte, dass keine gravierenden technischen Mängel mehr vorhanden seien, und über die »kackbraune Farbe« müsse man hinwegsehen. Aber schließlich würde ja keine Autorallye mit Schönheitswettbewerb durchgeführt, sondern ein strategisch geplanter Rachefeldzug. Ihre Gespräche drehten sich nur um diesen einen Punkt, wobei es Willi nach und nach doch recht mulmig zumute wurde, wenn er an die wahrscheinlichen Folgen einer solchen Aktion dachte und seine Bedenken auch aussprach.

Trotz der durchdiskutierten Bedenken siegte die Wut auf die Prüfer, sodass schließlich doch beschlossen wurde, dass Steffen und Willi nach Italien fahren sollten, um dem Zorn der Gruppe auch deutlichen Ausdruck zu verleihen.

Nachdem der Mehrheitsbeschluss im Interesse von Steffen auch tatsächlich in Angriff genommen werden sollte, folgte eine knappe »Kriegsausrüstung« der Freunde. Es musste zumindest ein kleines Zwei-Mann-Zelt mit der notwendigsten Campingausrüstung beigeschafft werden, da man sich auf einen gewissen Zeitraum der Beobachtung in der Toskana einstellen musste. Demgemäß wurde wieder in guter alter Manier von allen Seiten für die Ausrüstung zusammengelegt und geborgt. Die Clique gab sogar in bescheidenem Umfang Geld sowie weniger kostspielige freundliche Wünsche mit auf den Weg.

Sie brachen sehr früh auf, um insbesondere wegen ihres viel belächelten Vehikels nicht die Aufmerksamkeit der übrigen Studenten zu erregen. Daher fuhr das wild entschlossene Rache-Duo schon morgens gegen sieben Uhr los und stellte alsbald zu seinem Erstaunen fest, dass das Auto, insbesondere sein Motor, zuverlässig arbeitete. Sie hatten sich für Hin- und Rückfahrt Routen ausgesucht, die durch besonders schöne Landschaften der Schweiz und Oberitaliens führen sollten.

Die erste Etappe führte sie bis an den Vierwaldstätter See, wo sie in dem Örtchen Brunnen eine Übernachtungsmöglichkeit fanden. Es war eine kleine, aber hübsche Pension, die aus ihren bescheidenen Mitteln bestritten werden konnte. Steffen kam dabei zugute, dass der freundliche Onkel von Willi, der das Auto zur Verfügung gestellt hatte, auch noch eine Finanzspritze von 500 Mark in Erwartung des bestandenen Examens von Willi zugeschossen hatte. Auch diese 500 Mark wurden für Benzingeld und Übernachtungskosten von Willi großzügig eingeworfen.

Am zweiten Tag ihres Rachefeldzugs überwanden sie den Gotthard-Pass und erreichten in Bellinzona wieder lieblichere Gefilde.

Zunächst aber genossen die Freunde die oberitalienische Landschaft, in der sie nach Überquerung des Gotthard-Passes fuhren. Dass der »Haufen an Ersatzteilen«, wie Willi das Auto ohne Respekt titulierte, durchhielt und sogar die Passfahrt meisterte, grenzte an ein technisches Wunder. Schon der erste genauere Blick in den Süden jenseits der Alpen in das Tal um Airolo, das sie befuhren, zeigte, dass die Landschaft südlich der Alpen wirklich paradiesisch genannt werden durfte. Jedenfalls waren die Freunde entsprechend beeindruckt und verstanden nun Goethes Begeisterung besser, soweit Reste an Erinnerung aus der Schule bei ihnen hängen geblieben waren.

Im Wesentlichen war Willi der Fahrer, während Steffen mit der Landkarte auf den Knien die Arbeit des »Franzens« übernahm und für die richtige Route verantwortlich war. Der Begriff des »Franz«, der den Piloten unterstützte, war ihnen aufgrund ihrer spärlichen Kenntnisse aus der Fliegersprache bekannt.

Der zweite Abschnitt durch Oberitalien bis in die Gefilde der Toskana verlief ereignislos, bis sie das ländliche Anwesen ihres Gegners kurz vor Arezzo erreichten.

Obgleich sie durch Annes unschuldigen Hinweis auf die Adresse des landwirtschaftlichen Anwesens hingewiesen worden waren – selbstverständlich wusste Anne nichts von den finsteren Absichten ihrer Freunde –, mussten sie noch erheblich suchen, um das fragliche Objekt zu finden. Auffällig war ihnen, dass die Landschaft in der Toskana weitgehend hübsch, aber gleichförmig aussah. Das galt insbesondere für die durchgeführte Landschaftsgestaltung. Praktisch auf jedem Hügel saß ein Weingut, während eine zypressengesäumte Allee sich den Hügel hinaufwand, um in das Hauptgebäude mit Garage und Nebengebäuden zu münden. Die zweistöckigen Häuser waren in der typischen toskanischen Farbgebung gestrichen, ein Farbton zwischen rötlich, gelb und ocker, wie man es schließlich auch aus Abbildungen kannte. Willi schlug sofort vor, nicht zu nahe ranzufahren, sondern erst einmal das Gelände und das Objekt zu sondieren. Sie hatten vorausschauend ein Zwei-Mann-Zelt mitgenommen und suchten einen geeigneten Platz, an dem das kleine militärfarbene Zelt unauffällig aufgeschlagen werden konnte. Hierfür kamen eigentlich nur eines der naheliegenden Korkeichenwäldchen und die den Hügel hinaufstrebenden Weinanlagen infrage.

Erst jetzt setzte die Überlegung bezüglich der konkreten Ausgestaltung des Racheaktes ein. Den Gedanken, das Haus selbst anzustecken, verwarfen sie trotz aller Wut auf das Komplott der Prüfer, weil – wie Steffen selbst bemerkte –, falls sie erwischt würden, eine Strafsache wegen Brandstiftung größeren Umfangs unweigerlich die Folge gewesen wäre. Dem wollten sie sich aber auch nicht aussetzen. Schließlich legten sie keinen gesteigerten Wert darauf, als Angeklagte vor der zuständigen deutschen Strafkammer zu stehen und ihre eigene Zukunft dadurch recht gründlich zu versauen. Die Sache musste also strategisch so durchgeführt werden, dass sie entweder nicht erwischt werden oder aber nicht in vollem Umfang zur Verantwortung gezogen werden könnten. Sie prüften daraufhin nochmals das Gelände und stellten fest, dass die Anlage tatsächlich so groß war, dass sie sich dort vor den Arbeitern fernhalten konnten, um nicht entdeckt zu werden. Willis kleines Fernglas, das er vorsorglich mitgenommen hatte, zeigte sich dabei als nützlich.

Schließlich entdeckten sie zu ihrer großen Überraschung, dass in der offenen gemauerten Garage ein englischer Nobelschlitten, ein Bentley, abgestellt war. Wie ein solches über 100.000-Mark-Gefährt für die engen bekiesten Wege zwischen den Weinbergen geeignet sein konnte, erschloss sich den Verschwörern nicht. Auch wenn man jedes Verständnis dafür haben konnte, dass der Besitzer eines solch protzigen Autos gerne damit angab, so stellte das Befahren der schmalen Wege zwischen den Weinberghängen bis hinauf zu der Anlage selbst ein erhebliches Risiko dar. Die Hänge waren teilweise sehr steil, die Straße, soweit man sie als solche bezeichnen konnte, so schmal und bekiest, dass ein schweres Fahrzeug wie der Bentley jederzeit ins Rutschen geraten konnte. Es war weiter anzunehmen, dass der Besitzer eines solchen Fahrzeuges ein entsprechender Liebhaber war, der seinen Schatz hütete wie seinen Augapfel.

Die zunächst geäußerte Anregung, man solle alle vier Ventile aus den Rädern herausdrehen und wegwerfen, da er dann erhebliche Schwierigkeiten haben dürfte, sein Fahrzeug weiter zu bewegen, wurde wieder verworfen. Abgesehen davon, dass der Vorschlag doch als etwas kindlich anzusehen war, verwies Steffen darauf, dass es für einen Mann wie Westrum keine größere Schwierigkeit bedeuten würde, vier neue Ventile zu beziehen und nach Abnehmen der Räder diese wieder aufzupumpen und an der Karosserie anzubringen. Es würde sicherlich Mühe und Aufwand für den Eigentümer des Pkw bedeuten, der Effekt eines solchen »Anschlags« wäre aber doch als äußerst gering zu sehen. Schließlich wollte man wirklich etwas unternehmen, das Westrum mehr oder weniger zentral ins Mark treffen würde – angemessen für sein Verhalten, das er und seine Kumpanen hinsichtlich der manipulierten Staatsprüfung unternommen hatten.

Eine Steigerungsstufe in ihren Überlegungen ergab sich daraus, dass man ja das Auto selbst in der Substanz attackieren könnte. Sei es, dass ein kleines gelegtes Feuerchen unter dem Nobelschlitten zu einem Totalverlust des Fahrzeuges führen würde, sei es, dass die Brieftasche des Gegners auf einen Schlag 100.000 Mark nicht ohne Weiteres verkraften würde. Im Rahmen ihrer internen Diskussionen wurde dann aber wiederum die berechtigte Frage erhoben, ob das Fahrzeug vielleicht gegen Vandalismus ausreichend versichert sei, in diesem Fall würde sich Westrum kurzerhand ein Ersatzfahrzeug gleicher Qualität über seine Versicherung besorgen können.

Trotz der durchdiskutierten Bedenken über ihr Verhalten siegte schließlich doch die Wut auf die Prüfer. Sie legten sich in ihrem kleinen Zelt in den oberen Weinberghängen auf die Lauer. Am zweiten Tag ihrer Beobachtungen sahen sie, wie der Bentley beladen wurde. Damit war nicht auszuschließen, dass Westrum nur eine Kurzvisite geplant hatte und sich wieder wegbegeben wollte.

In diesem Augenblick lagen die einzuschlagende Strategie und der Ablauf der ganzen Racheaktion geradezu gläsern, durchsichtig und offenkundig vor Steffens Augen. Willi hatte sich zu ihrem Zelt begeben, und da sie auch praktisch nichts mehr zu essen hatten, sollte er ins Dorf gehen, um Lebensmittel einzukaufen. Dass zwei deutsche Studenten in dieser Gegend und zu dieser Zeit etwas vorhätten, war mit Sicherheit bereits im Dorfklatsch verankert. Dass urplötzlich und unerwartet der Zufall zu Hilfe kam, sorgte für den notwendigen Adrenalinstoß.

Ein Jeep-ähnliches Fahrzeug kam den Berg heraufgekrochen, schlitterte in einer Staubwolke auf das Hauptgebäude zu und kam dort zum Halten. Mit ihrem kleinen Zeiss-Fernglas konnten die Freunde beobachten, dass drei Personen ausstiegen. Der Fahrer durfte wohl ein Landarbeiter der Gegend sein, seine Arbeitskleidung war entsprechend. Über einer zerschlissenen und von der Sonne ausgebleichten Jeans trug er auf dem sonst nackten Oberkörper eine ärmellose Weste und hob eine Kiste aus dem Fahrzeug, um diese offenbar ins Haus zu tragen. Aus dem Beifahrersitz stieg Westrum selbst aus, der im Wesentlichen dadurch auffiel, dass er einen breitkrempigen gelben Strohhut auf dem Kopf hatte. Bei der dritten Person handelte es sich offensichtlich um eine Frau. Zum Bedauern von Steffen jedoch nicht um Anne, sondern eine ihm unbekannte Person. Der Landarbeiter wurde von Westrum »Giuseppe« gerufen, die Frau trug einen Korb mit Weinflaschen ins Haus.

Durch das Erscheinen der drei Personen wurden Steffens Pläne zwangsläufig geändert. Wenn er einen Schlag gegen Westrum ausführen wollte, blieb ihm jetzt nicht mehr viel Zeit, da nicht anzunehmen war, dass der verhasste Gegner sich länger und ständig auf dem Gut aufhalten würde. Aber selbst, wenn sein Aufenthalt nur wenige Tage dauern sollte, musste die günstige Gelegenheit für einen immer noch nicht ausgereiften Plan ergriffen werden.

Es war auch schnell festzustellen, dass die Frau aus dem Jeep offensichtlich eine Hilfskraft für das Anwesen oder eine Verwalterin darstellte. Sie ging zielbewusst in das Haus, gefolgt von dem Fahrer mit der Kiste auf der Schulter. Westrum selbst ging zu seinem Bentley und schien flüchtig zu überprüfen, ob ein Schaden an dem Fahrzeug festzustellen war. Danach begab er sich ebenfalls in das Haus. Steffen und Willi mussten sich gleichwohl auf eine gewisse Zeit der »Belagerung« einrichten, da Zeit und Ort jeglicher Aktivität jetzt von Westrum vorgegeben wurden und nicht von ihnen.

Ihre Verpflegung, die sie auf dem Weg nach Arezzo eingekauft hatten, neigte sich langsam dem Ende zu und am schwierigsten fanden sie die Tatsache, dass sie zwar Wasser als Getränk erstehen konnten, sie jedoch auf ihrem Beobachtungsposten keinerlei Möglichkeit hatten, sich zu waschen oder sonst Körperpflege zu betreiben. Willi erklärte kategorisch, er werde diesen Zustand maximal drei Tage aushalten, dann müsste etwas passiert sein. Steffen fühlte den Druck, der auf ihm lastete, und er begann noch einmal fieberhaft in seinem Kopf den Plan zu prüfen, der ihm so plötzlich eingegeben war. Vieles musste sofort verworfen werden, da die Vorstellungen zum Teil unrealistisch waren. Sie hatten weder eine Waffe, mit der sie Westrum hätten bedrohen oder zu irgendwelchen Aktivitäten hätten zwingen können, noch hatten sie den Mut, ihm Auge in Auge gegenüberzutreten und dann ... ja, was dann? ... auszuführen. Langsam dämmerte es ihnen, dass es eine Sache war, Rachegedanken über die Alpen nach Italien zu tragen und von Tag zu Tag zu verstärken, und dass es eine ganz andere Sache war, hier den Gegner persönlich an Leib und Leben zu schädigen.

Schwarze Gedanken stiegen in Steffen auf, und bei den meisten, die er Willi mitteilte, schüttelte dieser entsetzt den Kopf.

Mittlerweile war hektische Betriebsamkeit auf dem Hofgut festzustellen. Giuseppe und die Landarbeiterfrau liefen hin und her und beluden den Bentley, sodass für Steffen jetzt klar war, dass Westrum wieder wegfahren würde. In diesem Augenblick geschah es, dass Strategie und Ablauf klar in seinem Bewusstsein erschienen. Er musste handeln, jetzt oder nie, in wenigen Minuten wäre Westrum weg! Während Willi das Zelt abbaute, entwickelte Steffen eine fieberhafte Betriebsamkeit. Er lud zwei schwere Feldsteine unter den Kofferraumdeckel im Vorderteil ihres alten Fahrzeugs, da wegen des Heckmotors ein Kofferraum im engeren Sinne nicht vorhanden war, und keilte die großen Steine so gut es ging mit Holzstücken und kleineren Steinen fest. Dazu lud er noch eine Reihe mittlerer Steine, jedenfalls alles, was unter die »Fronthaube« ging. Auf den Zuruf von Willi, wo er denn überhaupt hinwolle, reagierte er nicht mehr. Er setzte sich an das Steuer, lenkte das Fahrzeug auf die abschüssige kurvenreiche Straße und setzte dazu an, den Bentley, der inzwischen losgefahren war und sich vorsichtig den Hang hinabtastete, einzuholen. Das gelang ihm auch nach zwei der engen Kurven im Hang.

Als er das dritte Mal hinter dem Bentley erschien, trat Steffen das Gaspedal bis zum Backblechboden durch, um das Fahrzeug zu beschleunigen, soweit es ging. Er krachte mit seiner Feldsteinladung gezielt gegen den linken Hinterreifen des vor ihm fahrenden Wagens, sodass dieser trotz der unterschiedlichen Gewichtsmassen der Autos einen kleinen Sprung nach vorne machte. Der zweite und dritte Anlauf mit entsprechendem Anstoß gegen die Hinterachse veränderte die Lage, wobei der Bentley für einen Augenblick von der Fahrbahnoberfläche abhob und wieder zurück auf den Kiesweg zwischen den Reben fiel. Westrum hatte inzwischen bemerkt, dass es sich hier nicht um einen gewöhnlichen Unfall handelte, sondern um gegen ihn gerichtete gezielte Rammstöße. Er betätigte wiederholt die Hupe und gab auch mit wilden hektischen Handbewegungen zu verstehen, dass der ihm am hinteren Wagenteil praktisch klebende alte VW Abstand halten solle. Steffen verzog in wilder Freude das Gesicht und setzte zu einem weiteren Stoß an. Inzwischen war die gefährlichste Kurve des Rebenweges erreicht, die einer geschlungenen Neun ähnelte. Es war auch klar, dass die Rutschgefahr auf dem schmalen Pfad, der durch gelegentlichen Regen ausgewaschen war, für die Fahrzeuge besonders erhöht war. Hier machte Westrum den entscheidenden Fehler: Er lenke sein Fahrzeug nach rechts in Richtung des Steilhangs der Rebenanlage, wodurch jetzt die Hinterachse ausbrach und sein Fahrzeug ins Schleudern geriet. Es drehte sich langsam und fast widerwillig mit der kompakten Hinterachse einen Augenblick in der Luft und fiel dann in die nächste Steilkurve hinab. Einen Augenblick lang schien das Fahrzeug zur Hälfte elegant in der Luft zu schweben, bevor es sich zur Seite neigte und auf den nächsten Weg der steilen Serpentine hinab stürzte. Er krachte zunächst mit der linken Seite auf den oberen Teil des Weges und begann dann sich über die Längsachse zu drehen, wobei er sich auf dem Weg nach unten vier- bis fünfmal überschlug. Etwa 100 Meter und vier Kurvenschleifen tiefer kam das schwere Fahrzeug auf dem Dach endlich zum Liegen. Beim Anblick dieses schweren Unfalls erlosch in Steffen das lange gehegte Rachegefühl. Ihm wurde schlagartig übel, der Schweiß brach ihm aus. Er fuhr rückwärts bis zur nächsten Ausweichbucht den Berg hoch, wendete das kleine Fahrzeug raste zum Lagerplatz zurück. Dort begann er in hektischer Betriebsamkeit ihr geringes Gepäck zusammen zu suchen und einzuladen. Die Feldsteine aus dem Frontraum entsorgte er. Willi, der nur den Unfallkrach gehört, aber den Vorgang nicht gesehen hatte, stellte keine Fragen mehr, sondern half beim schnellen Einpacken. Er war blass im Gesicht. Nachdem sie auf ihrer überstürzten, aber doch mit Gewalt normal gehaltenen Rückreise trotz des schrecklichen Vorgangs noch den Geschlechtertürmen von San Gimignano einen Besuch abgestattet hatten, verkauften sie den Pkw an einen Schrotthändler in einem Vorort von Mailand, der mit Staunen feststellte, dass der Motor tatsächlich zuverlässig lief, während er den Rest sofort in die große Presse warf. »Wenigstens am Auto kann uns niemand mehr irgendwelche Indizien für eine Straftat vorhalten«, sagte Willi nachdenklich. Mit ihrem Rucksackgepäck waren die beiden ausreichend versorgt, um nach Hause zu kommen. Soweit das Geld nicht mehr für die Eisenbahn reichte, sollte auf Trampen zurückgegriffen werden, gegebenenfalls hätten sie auch einzeln den Heimweg eingeschlagen. Sie hatten aber Glück, da sie einen freundlichen italienischen Lkw-Fahrer trafen, der sie auf seiner Strecke ab Mailand über Bozen nach Innsbruck mitnahm.

Ein flaues Gefühl befiel sie zwei Tage nach dem Vorfall, als sie eine italienische Tageszeitung kauften, die eine Notiz enthielt, die Willi mit seinen geringen italienischen Sprachkenntnissen durchaus verständlich interpretieren konnte. Die Schlagzeile des an sich unauffälligen kleinen Artikels lautete dahin, dass ein bekannter deutscher Wirtschaftsvertreter bei einem Verkehrsunfall in der Provinz Arrezo ums Leben gekommen sei. Nachdenklich stimmte sie dabei der Satz, dass nach Meinung der Zeitung die näheren Umstände des Unfalls noch nicht völlig geklärt seien. Beweise für ein Fremdverschulden seien aber bislang nicht feststellbar gewesen. Zwei Bedienstete, die auf der Fattoria des Getöteten seit Jahren tätig gewesen waren, hätten zum Hergang des Unfalls selbst nichts beitragen können, da sie den Vorgang nicht gesehen hätten.

Noch bevor Steffen und Willi den ländlichen Bezirk von Arrezo verlassen hatten, waren bereits die Carabinieri an der Unfallstelle eingetroffen. Diese nahmen ausführlich und mit italienischer Gründlichkeit die beiden Angestellten, den Landarbeiter Giuseppe und die unbekannte Frau, in die Mangel. Als der Landarbeiter schließlich darauf hinwies, dass er in der fraglichen Zeit auch zwei deutsche »Rucksackstudenten« auf dem Gelände gesehen hatte, maß die Polizei dem keine besondere Bedeutung bei.

Guiseppe erzählte später, der Capitano der Carabinieri-Truppe sei mehr damit beschäftigt gewesen, die Falten seiner schicken Uniform zurechtzuzupfen, als eine sinnvolle Ermittlungstätigkeit aufzunehmen.

Mit etwas bangen Gefühlen überquerten Steffen und Willi die Brennergrenze an der Einrichtung für Fußgänger, wurden jedoch weder besonders kontrolliert noch aufgehalten. Sie erhielten ihren Stempel und waren wieder in der Bundesrepublik.

In den Universitätsbetrieb glitten sie wieder ein und warteten mit einigem »Muffensausen« auf das Ergebnis der staatsanwaltlichen Ermittlungen, die sie auch aufgrund des Hinweises ihrer Existenz in Deutschland erwarten mussten.

Steffen und Willi schwitzten noch lange vor Angst bezüglich der möglicherweise gegen sie laufenden Ermittlungen, die eventuell sogar über Interpol liefen. Es wurde Steffen erst jetzt wieder bewusst, dass er schließlich den Tod von Westrum, wenn auch nicht geplant, so doch verursacht hatte. Die Tatsache, dass Außen- und Wirtschaftsministerium einschließlich der vielfältigen sonstigen deutsch-italienischen Beziehungen eingeschaltet waren, zeigte die Bedeutung von Opfer und Tat an.

Die Italiener vertraten von Anfang an die Meinung, dass hier wegen der unvernünftigen Befahrung der Kieswege im Weinberg ein klarer Unfall vorgelegen habe, während die deutschen Behörden die Beteiligung dritter Personen und Verschulden durch Fremdeinwirkung eher für wahrscheinlich hielten. Bei einem reinen Verkehrsunfall wäre ja auch wesentlich weniger Arbeit bei den italienischen Behörden zu erwarten gewesen. Es waren daher auch die Italiener, die von Anfang an vorsichtig eine Einstellung des gesamten Verfahrens anregten, da sie sich keine andere Erklärung als die schwierigen Verkehrsverhältnisse und die Schwere des Wagens des Opfers machen konnten. Auch die Befürchtung von Steffen und Willi, die Behörden könnten ihre Ermittlungen auf das soziale Umfeld des Opfers ausdehnen, wobei dann unweigerlich die Beziehung von Anne zu Steffen bekannt geworden wäre, bewahrheitete sich nicht. Wenn auch möglicherweise ein vager Verdacht aufgekommen wäre, so war doch nicht ersichtlich, wo hier ein starkes Motiv feststellbar gewesen wäre, das sich gegen Steffen gerichtet hätte. Außerdem war zum Zeitpunkt des Unfalls außer den Freunden selbst nicht bekannt, dass zwei von ihnen sich überhaupt im Ausland aufgehalten hatten. Der Rest der Clique, der selbstverständlich mitbekommen hatte, dass die Ermittlungen auch, zumindest formal, auf Deutschland ausgedehnt worden waren, hielt es für klüger, keine Fragen zu stellen.

Soweit die Ermittlungen in Deutschland gelaufen waren, unterzeichnete Oberstaatsanwalt Ochs höchstpersönlich die Einstellungsverfügung des Verfahrens gegen Unbekannt, die Italiener hatten die Akte deutlich früher zugeklappt. Selbst als die Staatsanwaltschaft die Einstellungsverfügung bekannt gab, hielt Steffen noch monatelang die Luft an. Erst, als einige Zeit ins Land gegangen war, konnte er davon ausgehen, dass die ganze Sache niemals restlos aufgeklärt würde. Von da an schliefen Steffen und seine Freunde doch etwas ruhiger.

Epilog

Der Rest der Geschichte ist schnell erzählt. Steffen bestand im zweiten Anlauf sein Staatsexamen mit der Note »gut«, fand aber später lange Zeit keine angemessene Tätigkeit für einen Volljuristen und nahm schließlich eine Stelle als Sachbearbeiter bei einer Versicherungsgesellschaft an. Ob der Einfluss des sozialen Umfelds des verstorbenen Dr. Westrum hier immer noch wirkte, weiß niemand. Willi bestand sein Examen mit durchschnittlichen Noten und trat in eine kleine Anwaltskanzlei am Heimatort ein. Frank, der ja immer in die »Wirtschaft« wollte, machte Karriere im Management einer deutsch-amerikanischen Handelsgesellschaft und erreichte auch in angemessener Zeit sein zuvor viel belächeltes Ziel eines gut dotierten Vorstandspostens. Piet schlug eine gänzlich andere Richtung ein. Er wurde Darsteller im komischen Fach auf einer Kleinkunstbühne. Margot und Elisa heirateten und verschwanden aus dem Blickfeld der männlichen Clique. Anne wurde nach angemessener Trauerzeit die Ehefrau eines Wirtschaftskapitäns aus der feinen Münchner Gesellschaft. Gemeinsame Urlaube machten die Freunde nicht mehr.

Danksagung

Mein besonderer Dank gilt *Frau Anke Berg* sowie *meiner Tochter Isabel Stöckl*. Ohne ihren unermüdlichen Einsatz und ihre vernünftigen Vorschläge zur formalen und inhaltlichen Gestaltung wäre dieses Werk nicht möglich gewesen.

Der Verfasser